Anja Jantschik

Blutgarn

Einhorn
Verlag+Druck GmbH

Dieses Buch widme ich
allen ehrenamtlichen Rettungskräften,
die tagtäglich ihre Freizeit dafür opfern,
Menschen in Notlagen zu helfen.

Impressum

Herausgeber
Einhorn-Verlag+Druck GmbH
Sebaldplatz 1
D-73525 Schwäbisch Gmünd

Gesamtherstellung
Einhorn-Verlag+Druck GmbH

Druck
Fischer Druck, Schwäbisch Gmünd

Titelbild
Angelika Theurer-Lutz
at-Studio, Schechingen

Die Handlung des Krimis ist von der Realität inspiriert, aber gänzlich frei erfunden.

ISBN 978-3-936979-74-5

1. Auflage Oktober 2012
Printed in Germany

Kapitel 1

Sie griff mit beiden Händen in ihre tiefbraunen langen Haare im Nacken und zwirbelte sie am Hinterkopf zu einer Hochfrisur. Mit prüfendem Blick betrachtete sie sich im Spiegel.

»Ja, das ist es! Ich werde meine Haare hochstecken. Vielleicht mit ein paar Perlen in kleinen, geflochtenen Dekozöpfen? Bei Sissi hat das auch gut ausgesehen!«

Sie lächelte verschmitzt. Dann entfernte sie sich ein wenig von dem langen Spiegel, der an einem Ständer auf dem Boden stand und ihre Figur komplett widerspiegelte.

»Ich kann doch wirklich zufrieden sein! Was für ein schöner Stoff.« Sie löste den Griff aus ihren Haaren, so, dass diese wieder locker auf ihre schmalen Schultern fielen. Als Kind hatte sie ihre Locken gehasst. Unordentlich hatten sie sich immer um ihren Kopf gelegt. Und kaum war sie mal ins Schwitzen gekommen, wurden sie auch noch kraus. Doch jetzt, dank Haarspray, Creme und diverser anderer Utensilien, konnte sie sich im Handumdrehen eine Frisur zaubern, um die sie manch andere Frau beneidete. Ganz ohne Dauerwelle. Sie wandte ihren Blick von den Haaren ab und lenkte ihn auf ihre Figur. Rank und schlank, mit den richtigen Rundungen an den passenden Stellen, gab es auch an dieser wahrlich nichts auszusetzen. Das hatte Frank auch so gesehen – und seine bisherige Freundin für sie einfach stehengelassen.

»Carmen, Du bist die glücklichste Frau der Welt«,

sagte sie zufrieden zu sich selbst und lächelte in den Spiegel. Dabei strich sie sanft über ihren Bauch, der sich schon bald mehr wölben würde.
»Das ist mein schönstes Hochzeitsgeschenk.« Sie dachte über ihr süßes Geheimnis nach. »Heute werde ich es Frank sagen«, nahm sie sich fest vor. Gott sei Dank war die Hochzeit bereits in zwei Wochen. Daher würde es mit dem Kleid wegen des wachsenden Bäuchleins noch keine Probleme geben. Sie drehte sich um, dass sie ihren Rücken betrachten konnte. Dabei raschelte die Seide, weil sie bei der Drehung auf dem Boden schleifte.
»Ich muss den Rock noch etwas kürzen, dann ist alles in Ordnung«, überlegte sie mit Blick auf den zu langen Saum, der auf dem Boden aufsaß. Sie freute sich über den tiefen Ausschnitt am Rücken, der den Blick auf ihr kleines Muttermal auf dem rechten Schulterblatt freigab. »Ein richtiger Schönheitsfleck wie zu Zeiten des Sonnenkönigs«, amüsierte sie sich. Sie fasste an beiden Seiten mit den Händen den Rock des Hochzeitskleids, hob ihn in die Höhe und drehte sich übermütig vor dem Spiegel. Dabei lachte sie fröhlich. »Ich bin ja sooooo glücklich«, jubelte sie und beendete ihren privaten Reigen, etwas atemlos vom Herumwirbeln. Dabei fiel ihr Blick auf die Uhr an der Wand über dem Spiegel.
»Oh weh, schon so spät! Jetzt aber schnell!« Flink bückte sie sich und zog sich den Traum aus Seide vorsichtig über den Kopf.
Sie ließ das Kleid sanft auf den Boden gleiten, um es dann schnell provisorisch zusammenzufalten

und in eine riesige Tüte zu packen. Flugs stieg sie in ihre Jeans und schlüpfte in ihren Pullover. Nebenher angelte sie sich ihre Winterstiefel und zog auch diese an.

»Ich bin spät dran, aber sie werden mir verzeihen«, war sie sich sicher. Schnell lief sie mit der Tüte in der Hand in den Flur, griff sich ihre Handtasche, streifte die Jacke über und legte sich beim Verlassen der Wohnung noch etwas ungelenk den Schal um den Hals. »Ich bin auf Franks Reaktion gespannt«, überlegte sie, was wohl ihr Verlobter zur Schwangerschaft sagen würde. Seine Eltern würden bestimmt ganz aus dem Häuschen sein! Das erste Enkelchen! Und ihre Eltern erst. Papi hatte dann endlich Nachkommen für seinen Namen. Denn diesen würde sie auch mit der Heirat nicht aufgeben. Schließlich stand Goldbauer für Qualität in Schwäbisch Gmünd.

Als sie die Treppe hinuntergehüpft war, öffnete sie die schwere Haustür aus Holz und trat ins Freie. »So ein Sauwetter«, brummelte sie vor sich hin, als sie in Richtung Remsdeck zu ihrem Auto eilte und den feinen Nieselregen im Gesicht spürte. Ängstlich presste sie die große Tüte mit dem Brautkleid darin an ihren Körper. Seide und Nieselregen vertrug sich überhaupt nicht. Beim Auto angekommen, öffnete sie das Schloss mit der Fernbedienung, machte die Fahrertür auf und ließ sich eiligst auf dem Sitz nieder.

Die große Tüte mit dem Brautkleid platzierte sie vorsichtig im Fußraum des Beifahrersitzes. »Mal sehen, was meine Damen in der Gewandmeisterei dazu sagen.« Sie war schon gespannt auf deren Gesichter beim Blick auf den traumhaften Stoff. Der raffinierte Schnitt, der ihre schlanke Silhouette besonders vorteilhaft unterstrich, stammte aus einem französischen Modemagazin. Und war für sie, die mit der Nähmaschine besser umgehen konnte als mit dem Kochlöffel, ein Klacks gewesen. Nicht einmal bei der Hochzeits- und Trendmesse im Stadtgarten, wo es wirklich eine riesige Auswahl an Modellen gegeben hatte, war ein solches Kleid dabei gewesen. Glücklich steckte sie den Autoschlüssel in die Zündung und warf nochmals einen Blick in die Tüte. »Ein Traum. Ich könnte sterben vor Glück!«, ging es ihr durch den Kopf. Sie wusste zu diesem Zeitpunkt noch nicht, dass zumindest ein Teil dieser Gedanken in den nächsten Minuten Realität sein würde. Das heftige Klopfen an der Scheibe der Fahrertür ließ sie hochschrecken und herumfahren. Durch die Regentropfen, die die Scheiben ringsum benetzten, und die draußen herrschende Dunkelheit, konnte sie nicht erkennen, wer geklopft hatte. Auch als unvermittelt die Tür aufgerissen, sie grob aus dem Auto gezerrt und auf den Boden geworfen wurde, konnte sie den Angreifer nicht erkennen. Ihr Lächeln, das noch im Auto ihre Lippen umspielt hatte, erlosch.

»Was soll das …?« Mehr hatte sie nicht mehr sagen können, denn ihr Kopf wurde grob auf den Boden gedrückt. Ihre Nase schmerzte, und sie bekam kaum mehr Luft, da ihr hübsches Gesicht in eine Regenpfütze gedrückt wurde.

Sie hatte zwar noch versucht, sich mit Händen und Füßen zu wehren und wild gestrampelt, doch der Peiniger hatte seinen Fuß auf ihren Rücken gestellt – und der wog scheinbar eine Tonne. Als ein Pflasterstein auf ihren Kopf niedersauste, spürte sie einen bislang noch nie erlebten Schmerz. Ein Teil ihres Hinterkopfes wurde trotz Kälte und Regens plötzlich ganz warm. Sie konnte nur noch wimmern und spürte ihren eigenen Puls im Ohr. Den zweiten, massiven Schlag hatte sie nicht mehr gespürt, die Gnade der Ohnmacht hatte sie übermannt. Beim dritten Schlag war sie tot. Die Regenpfütze füllte sich stetig mit ihrem Blut, und zwei Herzen hatten in diesem Moment aufgehört zu schlagen.

Kapitel 2

Die Gestalt beugte sich über Carmen. Fast behutsam hob sie sie hoch und schleppte sie zu einem Lieferwagen, der mit offener Tür geparkt war. Plötzlich drehte sich das Phantom um, meinte Blicke zu spüren, die sich in seinen Rücken bohrten. Hatte jemand die Szene beobachtet? Ihr Blick fiel auf eine schwarze Katze, deren grüne Augen durch den Lichtschein der Straßenlampe zu glühen schienen und herüberstarrten. Das Tier hatte wohl vor dem Regen Schutz gesucht und war unter die Plane gekrochen, die, durch den Wind gelockert, über einer Palette voller Pflastersteine lag. Die Katze miaute.
»Mulle, Mulle, ist dir kalt?« erkundigte sich die Gestalt mit liebevollem Ton bei dem Tier, während sie den leblosen Körper von Carmen ins Wageninnere hievte und auf den Boden bettete. Die Katze glitt unter der Plane hervor, hüpfte elegant von der Palette an der Stadtmauer auf den Boden, lief hinüber zum Lieferwagen, sprang hinein und setzte sich neben den Leichnam. »Du hältst Totenwache? Das ist aber nett von dir«, lobte sie die Katze und streichelte sie am Kopf. Die Katze hielt ihr sofort auch den Hals hin – und auch der wurde gekrault. Das Tier miaute zufrieden und begann, seine linke Pfote säuberlich abzulecken. Die Gestalt ging zu Carmens Auto, angelte sich die große Tüte mit dem Brautkleid aus dem Fußraum und schlug die Autotür zu.

Zur gleichen Zeit, etwa zwölf Kilometer vom Remsdeck in Schwäbisch Gmünd entfernt, waren die Journalistin Ira Sander und der Kommissar Peter Brand ebenfalls damit beschäftigt, schwere Last zu schleppen.

»Lass das bitte nicht fallen, da sind Glasbilderrahmen drin«, rief Peter hinauf zu Ira, die gerade die letzte Stufe auf der Treppe in Richtung Wohnung erklomm. »Natürlich«, antwortete sie. Ein leicht vorwurfsvoller Unterton war nicht zu überhören. Sie hievte den schweren Karton die letzte Stufe hoch und stellte ihn vor die Wohnungstür, um tief Luft zu holen. Peter kam hinter ihr die Treppe hoch und gab sich alle Mühe sich nicht anmerken zu lassen, dass auch er schwer zu schleppen hatte: den Fernseher. Er war ja schließlich ein ganzer Kerl. Schwungvoll – nicht ohne ein süffisantes Lächeln zu zeigen – drängte er sich mit dem Fernseher an Ira vorbei. Dieser versperrte ihm allerdings ob seiner beachtlichen Größe mit seinem vorsintflutlichen Corpus die Sicht auf den Boden.

»Pass auf, ich hab' da gerade den Karton ...«, weiter kam Ira nicht, denn Peter stolperte bereits darüber, versuchte sich am Fernseher festzuklammern und die Balance zu halten. Der Versuch mündete in lautem Gepolter und wurde mit einem herzhaften »Leck mich am Arsch« von Peter vollendet. Er kniete auf dem Boden, hatte mit einem Fuß den Karton umgeworfen und war mit dem anderen darin stecken geblieben. Jetzt kauerte er und hielt tapfer den antiquierten Fernseher vor sich.

Sein Gesichtsausdruck hätte es wohl ohne Mühe ins Guinessbuch der Rekorde geschafft: als dümmster, den es jemals gegeben hat – und jemals geben würde. Ira betrachtete genüsslich das Arrangement. Ein leicht fieses Lächeln umspielte ihre Lippen, als sie sich mit treuherzigem Blick bei Peter erkundigte: »Soll das ein Antrag werden, Schatz?«
»Ich bin trotz meines hohen Alters noch lernfähig. Und versuche daher stets, nicht denselben Fehler zu wiederholen«, schüttelte Peter vehement den Kopf. Dabei befreite er sich aus seiner misslichen Lage, indem er den Fernseher auf den Boden stellte, sich hochrappelte und dabei mit leicht schmerzverzogenem Gesicht beide Knie rieb.
»Du Armer, hast Du Dir wehgetan?« Ira hatte offensichtlich Mühe, ihre Schadenfreude über Peters Sturz zu verbergen. Denn es zuckte verdächtig um ihre Mundwinkel. Es hatte ja auch zu komisch ausgesehen. Sie versuchte, ihm einen mitleidigen Blick zuzuwerfen, doch die kleinen Lachfalten um ihre Augen straften sie Lügen.
»Du kleine Hexe!«, war Peter mit einem Satz bei ihr. Doch sie hatte auf diese Reaktion gewartet und wich flugs zwei Schritte zur Seite. Jetzt lachte sie lauthals.
»Du bist offensichtlich auch viel zu alt für eine erneute Heirat«, kicherte sie, während sie sich in Richtung Küche verzog.
»Du brauchst keine Ehefrau, sondern eine Pflegerin, die dich 24 Stunden am Tag liebevoll umsorgt!«
»Frechheit!«, ging Peter ihr nach, konnte sich das

Grinsen aber auch nicht mehr verkneifen. Als er an der Spüle angekommen war, konnte er sich nur noch ducken. An seinem Ohr sauste ein gebrauchtes Kaffeepad vorbei und landete zielsicher hinter ihm im Ausguss. Gott sei Dank hatte er das kommen sehen und war ausgewichen. Schließlich kannte er Iras Art der Kaffeezubereitung gut genug. Sie kümmerte sich nie, was hinter ihr geschah, hatte sich nicht mal umgedreht, sondern bestückte in aller Gemütsruhe die Maschine mit einer neuerlichen Koffeinzufuhr.

»Wir sollten für heute mit Deinem kleinen Umzug aufhören. Schließlich müssen wir uns noch fein machen für den Remstaler-Weintreff«, stellte Ira mit mahnendem Blick auf die Uhr an der Wand vor sich fest.

»Stimmt. Wobei, ein Bierchen würde mir jetzt viel besser schmecken«, antwortete Peter. Als Antwort kassierte er einen angedeuteten Fausthieb in seinen Magen. Er lachte.

»Pass auf, sonst muss ich die Kollegen um Hilfe rufen. Häusliche Gewalt ist nicht witzig!«, fuchtelte er mit seinem erhobenen Finger warnend vor Iras Gesicht.

»Das ist wirklich nicht witzig«, blickte ihn Ira plötzlich ernst an. Darüber macht man keine Späße!« Dabei kamen ihr diverse Frauen in den Sinn, die auf ihrem eigentlich schönen Antlitz plötzlich ein Veilchen prangen hatten. Und dann, darauf angesprochen, Erklärungen abgaben wie: »Ich bin gegen den Türrahmen gelaufen«. Sehschwäche war leider sehr weit verbreitet …

»Sag ich doch!«, nickte Peter. Als Polizist wusste er sehr wohl, dass hinter mancher bürgerlichen Fassade Gewalt gegen den Partner leider alltäglich war. Dumm nur, dass dann die Geschlagenen – größtenteils die Ehefrauen – doch von einer Anzeige absahen. Was ihm und den Kollegen jegliche Handhabe entzog. Dafür sorgten immer allerlei Entschuldigungen für den schlägernden Ehegatten wie etwa »Hat gerade viel Stress ...«, »Er ist eigentlich wirklich unheimlich lieb ...« oder auch »Ich hab' das Essen wirklich ein bisschen versalzen ....«. Derlei Ausflüchte fand Peter schlichtweg zum Kotzen.

»Hör auf mit solchen Themen, ich hab' heute eigentlich frei. Wenn man vom Bereitschaftsdienst mal absieht«, bat er Ira.

»Sorry«, antwortete sie mit schuldbewusstem Blick.

»Trotzdem solltest Du dich jetzt unter die Dusche stellen. Um 18 Uhr möchte ich beim Weintreff im Prediger sein«, bat sie.

»Okay, bin schon weg.« Peter verstaute endlich den Fernseher an seinem vorgesehenen Platz und ging ins Badezimmer.

Warum schalten alle Ampeln immer auf Rot, wenn man es eilig hat? Und warum vereinen sich immer schleichende Schwerlaster vor einem in der Spur, wenn man auf einen Termin muss – und ohnehin zu spät losgefahren ist? Ira haderte nicht nur mit ihrem Schicksal, sondern auch mit Peter. Sie saß mehr als angespannt hinterm Steuer. »Warum bist Du nie pünktlich, wenn's ums Losfahren geht? Ich sagte doch, dass ich spätestens um halb sechs los muss, weil ich sonst keinen Parkplatz in der Stadt kriege!« Verärgert warf sie einen Seitenblick auf Peter.

»Ich hab' halt vergessen meinen Geldbeutel einzustecken. deshalb musste ich noch mal hoch in die Wohnung«, zog dieser geknickt die Schultern hoch.

»Kannst Du mir noch einmal verzeihen, Mausi?«, bettelte er die Journalistin mit seinem berühmt berüchtigten Hundeblick an.

»Wenn wir jetzt hinterm Prediger keinen Parkplatz bekommen, bist Du schuld. Dann lässt Du mich raus und suchst einen Parkplatz, während ich schon mal reingehe«, ordnete Ira mit militärischem Ton an. Dieser war mit Absicht eine Spur zu hart, wollte sie doch auf keinen Fall zeigen, dass sie schon wieder dabei war, auf seinen Hundeblick hereinzufallen. »Und nenn' mich nicht Mausi!«, schob sie nach.

»Jawollll, General!«, legte Peter die Hand mit steifen Fingern seitlich an den Kopf und salutierte. Seine Laune besserte sich, witterte er doch die Chance, erheblich später in den Prediger nachzukommen. So eine Parkplatzsuche im Herzen Gmünds konnte schließlich dauern! Er hatte eigentlich keine Lust auf diesen komischen »Remstal-Weintreff«, bei dem sich die Schwäbisch Gmünder Gesellschaft ein Stelldichein gab. Er hätte viel lieber den Samstagabend gemütlich mit Ira auf der Couch verbracht. Ein bisschen gekuschelt – und wer weiß …

»Und trau' Dich nicht, zwei Stunden später im Prediger einzutrudeln, nach dem Motto ‚Ich hab' keinen Parkplatz gefunden'. Du hast gesagt, dass Du mich begleitest«, riss ihn Ira unsanft aus seinen Tagträumereien. »Wenn Du jetzt plötzlich keine Lust mehr hast, ist das Dein Problem. Ich musste Billie absagen, da ich nur zwei Karten habe und die Veranstaltung ausverkauft ist!«, motzte sie ihn an.
Das Weib kann Gedanken lesen. Ist ja zum Verzweifeln«, kam sich Peter vor wie ein geschlagener Hund. Natürlich hatte er zugestimmt sie zu begleiten. Sie hatten ohnehin aufgrund ihrer Berufe sehr wenig Zeit füreinander. Während er als Kommissar des Gmünder Polizeireviers versuchte, böse Jungs und Mädels in Schach zu halten, heizte Ira als Journalistin für den Staufer-boten zu jeder Tages- und Nachtzeit von Termin zu Termin. Also wollte er wenigstens an diesem Samstag zusammen mit ihr auf Tour gehen. Da sie den Artikel über den Weintreff nicht aktuell für den nächsten Tag – also noch am selben Abend – sondern erst am darauf folgenden Tag schreiben musste, konnten sie tatsächlich auch ein paar schöne Stunden ohne Hektik gemeinsam verbringen. Allerdings hatte er auf der Arbeit mitbekommen, dass die ganzen Stadtoberen – und auch sein Chef – ebenfalls ihre Nasen prüfend in die Weingläser halten würden. Und darauf hatte er nun wirklich keine Lust. Er beeilte sich zu sagen »Ich komm' nach, so schnell ich kann« – und nickte noch bekräftigend mit dem Kopf.

Ira hob mahnend den Zeigefinger und fuchtelte mit diesem vor seiner Nase herum.
»Wenn nicht, suche ich mir einen anderen Herrn, der mich den Abend über unterhält« warnte sie und lächelte ihn verführerisch an. Peter war klar, dass dies eine ihrer leichtesten Übungen sein würde.
»Ich biete Dir Geleitschutz«, versprach er treuherzig. »Und knall jedem eine, der sich Dir nähert«, schob er in Gedanken nach. Wohl wissend, dass es da schon mal einen Bürgermeister oder Geschäftsführer des Tourismusverbands Remstal-Route erwischen konnte. Was Peter allerdings gänzlich schnurz war.
»Und benimm' Dich«, warnte Ira. Denn den engelhaften Gesichtsausdruck, den er bei seinem letzten Gedankengang aufgesetzt hatte, kannte sie sehr wohl. Peter konnte mit zwei wohl formulierten Sätzen sein Gegenüber beim Gespräch ganz schön abservieren. Das war bereits in der Vergangenheit ab und zu Recht peinlich für sie geworden. Schließlich wollte sie mit den Gmündern auskommen – und nicht als Journalistin bekannt sein, deren Lebensgefährte ein ausgemachtes Arschloch ist. »Sonst darfst Du nicht mehr mit«, mahnte sie ihn. Ihr Blick erinnerte dabei stark an den vom »Fräulein Rottenmeier« aus »Heidi«.
»Oooooh je, das wäre aber gaaaaanz arg schlimm für mich«, riss Peter seine Augen auf. Als Antwort boxte Ira ihm herzhaft an die Schulter. Peter schnappte sie kurzerhand am Kopf, drehte ihn leicht, zog ihn an sich und gab ihr einen Schmatz auf die Lippen.

»Danke, jetzt kann ich noch mal Lippenstift auflegen«, meckerte Ira und zog die Lippen kraus – konnte sich aber ein Grinsen nicht verkneifen. Lautes Hupen beendete den Dialog im Wagen.
»Was für ein Depp hupt denn da?«, schaute Ira verärgert nach hinten.
»Nun, der ist wohl der gleichen Ansicht wie ich. Nämlich, dass es wohl nicht grüner wird«, blickte Peter gelassen auf die Ampel.
»Schitt«, entfuhr es Ira. Sie gab Gas und bog mit einem Affenzahn von der Remsstraße ab in Richtung Ledergasse. Dort angekommen, bog sie vor der Bank links in die schmale Straße ein und fuhr schließlich im Schneckentempo hoch zum hinteren Parkplatz des Predigers. Just in diesem Moment parkte dort ein weißer Transporter aus – und Ira in die somit freigewordene Lücke ein.
»Glück muss man haben«, freute sie sich.
»Wie man's nimmt«, näherte sich des Kommissars Laune dem Tiefpunkt.
»Was grummelst Du?«, hatte Ira ihn nicht verstanden.
»Nicht so wichtig«, winkte Peter ab. Schließlich wollte er nicht noch eine Debatte vor diesem unsäglichen Termin.
Da wusste er noch nicht, dass er ohnehin nicht allzu lange im Prediger sein würde, da die Pflicht ihn rufen würde.

Kapitel 3

Es war nicht so einfach die Leiche zu entkleiden. Das Phantom in dem Lieferwagen hatte alle Hände voll zu tun. Neugierig beäugte die Katze, die neben der Toten saß, jeden Handgriff. Zustimmend miaute sie immer wieder zufrieden. Schal, Bluse, Winterstiefel und Jeanshose samt Jacke lagen auf einem Haufen in der hinteren Ecke des Lieferwagens. Das Phantom mühte sich ab, dem Leichnam das Brautkleid anzuziehen. Kein leichtes Unterfangen. Doch endlich war das Werk vollbracht.

»So, jetzt bist Du eine kleine Braut. Das hast Du dir bestimmt immer gewünscht«, sagte die Gestalt zur Toten. Bin ich nicht nett, dass ich das noch für Dich gemacht habe?« Mit Blick auf die Armbanduhr erhob sich das Phantom vom Boden, wo es für das Ankleiden des Leichnams gekniet hatte.

»So, jetzt musst Du warten. Ich hab' noch was vor. Später komme ich wieder. Du kommst bald in die Zeitung – das gefällt Dir doch in der Öffentlichkeit zu stehen, oder?« Das Phantom öffnete die schwere Schiebetür des Lieferwagens und stieg vorsichtig aus. Der Blick nach rechts und links zeigte, dass niemand zu dieser abendlichen Stunde auf dem Remsdeck unterwegs war. Die einzigen Zeugen waren parkende Autos. Ein kalter Wind pfiff. Keiner würde freiwillig draußen sein bei diesem Wetter. Außer rund um den Marktplatz, wo die offenen Geschäfte zur abendlichen Stunde lockten.

Der Winter hatte die Ostalb fest im Griff – auch wenn es noch keinen Schnee in diesem Jahr gegeben hatte. Das Phantom zog die Schiebetür zu, verschloss den Wagen und entfernte sich ohne Eile vom Lieferwagen. Zurück blieb eine tote Braut auf dem Boden des Lieferwagens, entstellt durch eine hässlich klaffende Kopfwunde.

»Hach Schatz, mir steht jetzt der Sinn nach einem leckeren Leberwurstbrot. Dazu ein oder auch zwei Essiggürkchen und ein schönes Bierchen.« Mit lauerndem Blick auf ihren Gesichtsausdruck schlenderte Peter neben Ira her. Sie näherten sich dem Eingang des Predigers.
»Geht's noch?«, fragte sie ihn vorwurfsvoll und hatte irgendwie das dumpfe Gefühl, dass es keine gute Idee gewesen war, Peter zu diesem Weintreff mitzunehmen. Wenn er jetzt schon von einem »Bierchen« träumte?
»Das war natürlich ein Witz, Madame!« Mit diesen Worten öffnete der Kommissar überaus galant die gläserne Eingangstür zum Prediger und machte eine einladende Handbewegung ins Innere. »Willkommen in der Welt der Trollinger, Lemberger, Grauburgunder, Eisweine und Muskateller!«
Jetzt musste Ira doch schmunzeln. Treuherzig versicherte ihr Peter: »Und ich bin auch ganz arg brav. Echt ehrlich!«
Gemeinsam durchschritten sie den Vorraum zum Innenhof des Predigers, in dem der Remstal-Weintreff aufgebaut war.

Links wartete ein Tisch mit einer Unmenge Weingläser.
Jeder Gast schnappte sich eines - und konnte so nach Belieben die unterschiedlichen edlen Remstal-Tröpfchen durchprobieren. Die Journalistin und der Kommissar griffen sich ihre Gläser und betraten den Innenhof. Dieser präsentierte sich mit über 25 Wein-Verköstigungsständen. Jeder einzelne war individuell dekoriert, dem Thema entsprechend. Weinlaub, Blumenarrangements und Prospekte allerorten. Während die Stände entlang der Wände aufgestellt waren, war der Innenbereich lediglich mit großen Weinfässern bestückt. Diese fungierten als Stehtische für die Gäste. So bekam der Innenhof das Flair eines kleinen Weindorfes.
»Schön gemacht«, ließ Ira ihren Blick anerkennend schweifen. Peter nickte zustimmend. Sie waren zur rechten Zeit eingetroffen, denn gerade betrat auch Bürgermeister Dr. Jochen Braunle den Innenhof. In seiner Begleitung befand sich die Weinprinzessin Stephanie Zimmer, die ebenfalls ein paar Worte an die Gäste richten sollte. Braunle ging geradewegs auf Ira zu und begrüßte sie wohl vorbereitet. Denn bereits beim Pressegespräch zum Remstal-Weintreff hatte die Journalistin ihr Kommen angekündigt. »Hallo Frau Sander. Schön sie zu sehen«, gab er ihr die Hand. Währenddessen stellte sich Peter der Weinprinzessin vor, die eher schüchtern wirkte. Kein Wunder, war sie doch erst Anfang November in Fellbach gekrönt worden und somit erst wenige Wochen in Amt und Würden.

»Eure Hoheit!«, verneigte sich der Kommissar. »Jetzt hängt er wieder den Charmebolzen raus«, grinste Ira in sich hinein. Sie begann sich zu entspannen. Peters Laune schien sich gebessert zu haben. Heute brauchte sie sich wohl keine Sorgen über sein Benehmen zu machen. Bürgermeister Dr. Braunle konnte er sowieso gut leiden. Also, alles kein Problem, der Abend würde schön werden.
Ira tauschte ein paar Worte mit Dr. Braunle, behielt Peter immer noch leicht misstrauisch im Auge. Dieser unterhielt sich prächtig mit der Weinprinzessin, die sich standesgemäß, nämlich königlich, zu amüsieren schien. Um sie herum füllte sich der Innenhof mit Weinkennern – und solchen, die so taten, als wären sie welche. Der eine steckte seine Nase tief ins Glas, der andere »biss« den Wein, daneben wurde bereits heftig über unterschiedliche Rebsorten debattiert oder auch leicht mit dem Rebensaft im Gaumen gegurgelt. Worte wie »Oechsle«, »Kelterart«, »Hanglage« oder »Klimawandel« drangen an Iras Ohr. Die Damenwelt beäugte derweil abschätzend, ob wohl »die Konkurrenz« in besseres Tuch gehüllt war als man selbst. Hie und da wurde über eine seltsam designte Handtasche gelästert, und manche Frisur bekam ihr Fett ab. Sprich, ein schöner, geselliger Abend nahm seinen gewohnten Verlauf.
Nachdem Ira genug Info für ihren Artikel von Dr. Braunle und dem dazu gekommenen Geschäftsführer des Touristikverbands Remstal-Route, Horst Adlerstein, erhalten hatte, drehte sie sich zu Peter und der Weinprinzessin um.

Der Bürgermeister setzte seine Begrüßungstour fort. Er ging auf eine Gruppe zu, in der Ira stadtbekannte Architekten erkannte. »Ah, da wird's ganz bestimmt neben den Weinsorten auch andere Dinge zu besprechen geben«, mutmaßte sie. Denn im Moment war die Stadtentwicklung ein großes Thema. Die Baumaßnahmen für die Landesgartenschau boten ausreichend Gelegenheit zu planen und zu investieren. Architekten waren begehrte Gesprächspartner bei der Stadtverwaltung. Schließlich waren sie in Schwäbisch Gmünd Garanten für eine regelrechte Ideenschmiede. Weil sie ihre Büros in der Stadt hatten, kannten sie die örtlichen Begebenheiten sehr gut. Der größte Teil kam sogar aus alteingesessenen Gmünder Familien, genoss daher bereits vom Stammbaum her hohes Ansehen. Im Gegensatz zu manch auswärtigem Planer, der sich erst in die Materie, etwa in die Geologie oder auch die Historie einarbeiten musste. Und prompt mit manch verrückter Idee mitleidiges Lächeln beim Gemeinderat erzeugte. Es fehlte eben oft das Hintergrundwissen. Schon deshalb traf sich die Verwaltung ab und zu mit dem örtlichen Architektenzirkel für einen innovativen Gedankenaustausch.

»Kann eine Weinprinzessin eigentlich auch mal einen in der Krone haben – oder bricht sie sich da gleich einen Zacken raus?«, erkundigte sich Peter derweil mit todernstem Blick bei Stephanie Zimmer.

»Geht das schon wieder los?«, war Ira klar, dass Peter wieder auf dem besten Weg war, sich ne-

ben der Spur zu bewegen. Gott sei Dank hatte die Weinprinzessin eine Menge Humor.
Denn nach einer kurzen Schrecksekunde brach sie in schallendes Gelächter aus. Verwundert drehten sich die Gäste zu ihr herum. »Jetzt ist die Stimmung nicht mehr so steif«, stellte Peter mit einem zufriedenen Nicken fest. Heimlich amüsiert, bemerkte er zudem, dass Ira gerade damit begonnen hatte, Schritt für Schritt Abstand von ihm zu nehmen. Er konnte es nun mal nicht lassen, sie immer wieder zu ärgern. Immer nur einen auf Harmonie zu machen, lag beiden nicht. Peter liebte die Wortgefechte mit Ira. Die gehörten bei ihnen einfach dazu und waren die Würze in der Beziehung. Jetzt galt es allerdings, nicht allzu tief in diese Gewürzmischung zu greifen, schließlich war er gerade in ihr kleines Häuschen nach Heckenbach gezogen. Nachdem ihm sein Vermieter kurzfristig wegen Eigenbedarfs gekündigt hatte. Die Notlösung hatte sich ob der Kürze der Zeit ergeben, die Peter zum Auszug geblieben war. Zu sehr in seine Arbeit eingebunden, hatte er einfach auf die Schnelle keine neue Wohnung gefunden. Und ehrlich gesagt auch nicht ernsthaft gesucht. Schließlich gab's bei Ira genug Platz im Haus. Mittlerweile hatte er ohnehin öfter bei ihr als bei sich in der kleinen Zweizimmerwohnung genächtigt. So hatte sein Einzug bei ihr quasi auf der Hand gelegen. Doch hatte sein »Mädel«, wie er Ira gern nannte, auch ihre Eigenheiten. Sollte er sich zu sehr daneben benehmen, würde sie ihn ohne lange Rede vor die Tür setzen.

»Sein Mädel« war Frau genug, um dies auch wirklich zu tun! Das war ihm sehr wohl bewusst.
Das Vibrieren seines Handys in der Hosentasche riss den Kommissar aus seinen Gedanken. Er angelte es aus der Tasche und als Ira das beobachtete, bildeten sich Sorgenfaltenauf ihrer Stirn. Peter hatte zwar frei - aber sein Handy offensichtlich nicht ausgeschaltet. Was bedeutete, dass er abrufbar war, sofern sich etwas Außergewöhnliches ereignen würde. Der stetige Personalmangel im Revier, ausgelöst durch die Regierung, die zwar Beamte pensionierte, aber nicht immer deren Posten wieder besetzt, zwang Peter und seine Kripo-Kollegen immer öfter zum Bereitschaftsdienst. Was zwar deren Leber guttat, da sie so auch in ihrer Freizeit keinen Alkohol tranken, aber wahres Gift für die Beziehungen war.
Peter spürte ihren Blick und sah zu Ira hinüber, während er den Anruf entgegennahm. Dabei zuckte er entschuldigend mit den Schultern. Ira näherte sich Peter. So hörte sie gerade noch wie er »Alles klar, ich bin in fünf Minuten da«, sagte und wieder das Handy wegsteckte.
»Schlimm?« erkundigte sie sich.
»Wird was Längeres. Man hat eine Tote gefunden, die offensichtlich nicht freiwillig aus dem Leben schied«, wisperte der Kommissar in ihr Ohr.
Die Journalistin nickte. »Nimm' mein Auto, ich komm' schon irgendwie heim«, gab sie ihm ihre Schlüssel.
Das waren die Momente, in denen der Kommissar wieder genau wusste, warum er diese Frau

so liebte. Wenn es drauf ankam und keine Zeit für lange Erklärungen war, reagierte sie einfach großartig. Kein Murren, kein »Oooooch«. Sie war einfach voller Verständnis für seinen Beruf. Nicht wie seine Ex, die ständig zu quengeln begonnen hatte, wenn er zu einem Einsatz musste. Wobei man fairerweise einräumen musste, dass auch er kein Problem damit hatte, wenn Ira mitten beim Kochen die Töpfe zur Seite zog, sich ihren Foto schnappte und zu einem Unfall oder Brand fuhr, um ein Bild für ihre Zeitung zu machen. Sie waren Seelenverwandte und die goldene Regel »Job geht vor« wurde beiderseits akzeptiert.
Peter eilte aus dem Prediger und Ira konzentrierte sich wieder auf ihren Weintreff-Termin. Sie entdeckte Achim Grill an einem Stand und ging zu ihm hinüber. Als Organisator des Stadtjubiläums hatte dieser alle Hände voll zu tun. Es wurde gemunkelt, dass er es irgendwie geschafft habe, einem Tag mehr als 24 Stunden unterzujubeln. Ständig auf Achse, ständig im Auftrag der Staufersaga. Als die Journalistin genau hinter ihm stand, tippte sie ihm leicht auf die Schulter.
»Hallo Herr Grill, na, auch mal ein kleines Verschnaufpäuschen vom Arbeiten?«, lächelte sie ihn an.
»Jawohl und ich genieße es. Ist das hier nicht toll arrangiert?«, strahlte Grill sie begeistert an. »Besonders die Weinfässer als Stehtische finde ich klasse. Da könnte man doch vielleicht auch was für die Staufersaga machen. Schließlich tranken die Staufer auch schon Wein«, kam er ins Grübeln.

»Sie können wohl nie abschalten, was?«, amüsierte sich Ira über ihn.
»Was machen Sie eigentlich, wenn das Jubiläum vorbei ist? Vor Langeweile sterben?«, zwinkerte sie ihm zu.
»Nein, nein, dann werde ich ja Wirtschaftsbeauftragter«, warf sich Grill stolz in die Brust.
»Sag ich doch. Langweilig!«, grinste Ira ihn schelmisch an. »Unternehmen siedeln doch mit Vorliebe im Mutlanger Gewerbegebiet Breite-Nord an!«, neckte sie und hatte damit auch noch Recht. Denn kaum hatte die Nachbargemeinde Mutlangen oben auf dem Berg ein neues Gewerbegebiet ausgewiesen, war der erste Bauabschnitt komplett verkauft. Unter anderem investierten dort Unternehmen, die aus Schwäbisch Gmünd hoch nach Mutlangen ziehen wollten. Nun stand bereits die Erschließung für den zweiten Bauabschnitt an. Und auch hierfür gab es jede Menge Interessenten – wieder aus der Stauferstadt.
Grill, der sehr wohl Spaß verstand, knuffte Ira leicht in die Seite:
»Das war frech! Sobald ich Wirtschaftsbeauftragter bin, wird sich das natürlich ändern«, prophezeite er.
»Träumen Sie weiter«, empfahl ihm die Journalistin und erlaubte sich sogar eine wegwerfende Handbewegung.
»Also hören Sie mal …«, weiter kam Achim Grill nicht, denn sein Handy klingelte. Ira ärgerte sich. »Was für ein Idiot hat die eigentlich erfunden?«, fragte sie sich zum wohl hunderttausendsten Mal.

Erschrocken beobachtete sie, wie beim Telefonieren sämtliche Farbe aus Grills Gesicht zu weichen schien. So hatte sie ihn noch nie gesehen. Mittlerweile kreidebleich sagte dieser gerade: »Bei der Gewandmeisterei? Tot? Erschlagen? Das ist ja furchtbar. Ich komm' sofort!« Er schob das Handy wieder in die Jackentasche und sah Ira schockiert an.
»Unfassbar. Wirklich unfassbar …«, mehr bekam er nicht heraus. Immer noch stammelnd, lief er schnurstracks in Richtung Ausgang.
Ira zählte zwei und zwei zusammen: »Peter wurde abgerufen weil er Bereitschaftsdienst hat, Grill erfährt von einer Leiche bei der Gewandmeisterei? Na klasse! Das ist beste Werbung für die Stadt und die Jubiläumsvorbereitungen zur 850-Jahr-Feier!«
Aus dem Augenwinkel nahm sie wahr, wie Achim Grill Bürgermeister Dr. Braunle am Ausgang abfing, ihm etwas ins Ohr raunte und ihn ohne Rücksicht auf dessen Gesprächspartner nach draußen zog. Was nun wirklich nicht zu seinem Naturell passte, denn eigentlich war er eher ein Leisetreter.
»Da ist wirklich was Größeres im Busch«, grübelte die Journalistin.
Dass nun auch der erste Bürgermeister abzog, obwohl so viele Gäste aus dem Remstal im Prediger waren, mit denen man aus touristischen Gründen enger zusammenrücken wollte, konnte nur einen Grund haben: Es musste sich wohl um eine bekannte Person handeln, der das Lebenslicht ausgeblasen worden war.

Kapitel 4

»Wenn das so weitergeht mit dem Klimawandel, müssen wir unsere Weinberge bewässern«, stellte die Weinprinzessin fest. »Und das im Remstal. Wir sind doch nicht in Südfrankreich!« Ira hatte Mühe, ihr zu folgen, denn sie war mit ihren Gedanken ganz woanders. »Reiß Dich zusammen, Du bist hier auf Termin«, ermahnte sie sich selbst und richtete ihren Blick fest auf ihren Block. Schnell schrieb sie auf, was die Weinprinzessin zur aktuellen Weinlese zu sagen hatte. »Frau Sander, kommen Sie zu unserem Pressegespräch im Januar nach Fellbach?«, sprach Horst Adlerstein sie an. »Es wird ein absoluter Weinkenner anwesend sein. Und Sie wissen ja, unsere Remstalweine wurden in diesem Jahr wieder prämiert. Wir haben eben gute Tropfen«, schob der Geschäftsführer des Touristikverbands Remstal-Route stolz nach.

»Wenn ich Zeit habe, komm' ich gern«, nickte die Journalistin. Sie genoss die Fahrten ins Remstal und mochte die Gegend sehr. Nach keinen 20 Minuten Fahrt von Gmünd in Richtung Stuttgart sah man bereits die ersten Weinberge. Ira war froh, dass, bedingt durch den Touristikverband Remstal Route, die Kommunen zwischen Remseck und Essingen endlich enger zusammenrückten. Bislang hatte es eher den Anschein gehabt, als gebe es eine unsichtbare Mauer zwischen dem unteren und oberen Remstal. Und dann nochmal eine zwischen Schwäbisch Gmünd und Aalen.

Doch jetzt schien diese Barriere endlich zu bröckeln. Man richtete gemeinsame Großaktionen aus, etwa »Rems Total«, hatte einen Remstal-Höhenwanderweg geschaffen, ein Remstal-Radweg war in Arbeit und vieles mehr. Gern würde Ira ihren Teil dazu beitragen, dass man noch enger zusammenwuchs. Und sei es durch einen Artikel über weitere, geplante Aktionen.
Als Ira genug Information beisammen hatte, beschloss sie, sich zu verabschieden. Ohne Peter an ihrer Seite hatte sie keine Lust mehr, sich weiter zu unterhalten. Sie würde lieber nach Hause fahren, um den Artikel doch gleich an diesem Abend zu schreiben. Da sie am nächsten Tag drei weitere Termine hatte, würde sie sich damit selbst einen Gefallen tun. Aus ihrer Sicht war nichts so schlimm, wie vier Artikel hintereinander in die Tasten hauen zu müssen. Da war die Gefahr einfach zu groß, dass man sich in Floskeln verlor, anstatt gut formulierte Sätze zu kreieren. Ira zog sich langsam zurück und ging in Richtung Ausgang. Dabei kam sie an der Architektengruppe vorbei, die in sehr ausgelassener Stimmung zu sein schien. »Das ist ein richtig schöner Abend – wenn die Frauen nicht dabei sind«, stellte soeben ein gereifter Planer mit kleinem Bäuchlein über dem Boss-Gürtel fest. Dabei lachte er, als hätte er einen erstklassigen Witz gerissen. »Och, ich hätte kein Problem damit, wenn mein Schätzlein dabei wäre. Aber sie hatte heute etwas anderes vor«, zuckte der junge Architekt mit braunem Lockenkopf neben ihm die Schultern.

Er war gerade erst zur Gruppe dazu gestoßen und hörbar außer Atem. Zudem nagte er an seinem Finger, betrachtete ihn immer wieder, und nagte weiter. »Widerliche Angewohnheit«, befand Ira.
»Das legt sich, wenn ihr erst einmal 20 Jahre verheiratet seid«, winkte sein Gesprächsnachbar in der Runde lässig ab. »Man muss sagen, die Damen holen auf. Ich denke, wenn das so weitergeht, gibt es bald mindestens ein Drittel Planerinnen in unserem schönen Gmünd«, warf ein Mittfünfziger mit graumelierten Haaren und Maßanzug in die Runde, während er seine Designerbrille auf dem Nasenrücken gewichtig in ihre richtige Position schob. »Nicht zu vergessen, die hoffnungsvollen Jungarchitekten, die sogar den Namen der Frau annehmen, um hier Karriere zu machen. Auch wenn die Pläne eigentlich von Untergebenen stammen. Da kann man ja schnell sein Kürzel ans Blattende tippen«, stichelte ein untersetzter Architekt, der seine besten Jahre sichtlich hinter sich hatte. Der Blick auf seine Gesichtsfarbe zeigte, dass er wohl gern zum Alkohol griff, während er über seinem Entwurf brütete. Das eher schwammige Äußere unterstrich diese Vermutung zusätzlich.
»Aber Du hast recht, die Frauen sind ein viel größeres Problem«, gab er beflissen dem Graumelierten Recht. »Wobei, wenn sie erst mal geschwängert sind, lässt die Kreativität schnell nach. Da können sie dann höchstens noch darüber nachdenken, wie sie die Windel in Form bringen.«

»Machos«, ärgerte sich Ira, als sie an den Stadtplanern vorbei in Richtung Ausgang ging. Und plötzlich fiel ihr ein: »Ich hab' ja gar kein Auto, das hat ja Peter genommen«, erinnerte sie sich plötzlich. Sie überlegte, wo wohl Jim gerade ist. Ihr amerikanischer Untermieter, der sich über dem Schuppen neben ihrem Haus wohnlich eingerichtet hatte und ein sehr guter Freund war, hatte erwähnt, dass er den Abend in Mutlangen bei einem Bekannten verbringen würde. »Ich ruf' ihn einfach mal an und frag', ob er mich nach Hause fahren kann. Wenn nicht, gibt's ja noch Taxis.« Bei dieser Überlegung war Ira durch die Glastür des Predigers nach draußen gegangen und griff sich ihr Handy.

»Darling, what can I do for you?«, meldete sich Jim schon nach dem zweiten Klingeln.

»Hallo Jim. Peter musste mit meinem Auto zu einem Einsatz und ich steh' gerade vor dem Prediger. Kann ich mit Dir nach Hause fahren, oder soll ich mir ein Taxi nehmen?«, erkundigte sich die Journalistin.

»Ich bin gerade dabei aufzubrechen. Wie wäre es, wenn wir uns vor der Redaktion treffen? Dann muss ich nur in die Schmiedgasse reinfahren und nicht zum Prediger«, schlug Jim vor. »Das geht schneller.«

»So machen wir es. Hier wimmelt es eh' vor Menschen, es ist ja auch noch lange Einkaufsnacht. Ich hab' das dumpfe Gefühl, die haben alle kein Zuhause«, bejahte Ira und blickte dabei auf die vielen Menschen, die sich vor dem Prediger aufhielten.

Die einen hatten die Stände des Weihnachtsmarktes angepeilt, die anderen wollten sich in den nächtlichen Einkaufsbummel stürzen.
»About ten minutes, Darling.« Mit diesen Worten legte Jim auf. Ira schlenderte zufrieden in Richtung Schmiedgasse. »Jim ist der Beste«, freute sie sich, dass sie abgeholt werden würde. Wie ein guter Geist wachte der einstige Soldat, der auf der Mutlanger Heide stationiert war, über Ira.
Seine verstorbene Frau war Iras beste Freundin gewesen. Ira hatte damals ihre Zelte im heimischen Stuttgart abgebrochen und war nach Heckenbach in den Schwäbischen Wald gezogen. Jim wiederum wollte, als Witwer, nicht in die USA zurück. Und so war er bei Ira gelandet, hatte sich den Raum über ihrem Schuppen ausgebaut und war treu an ihrer Seite. Fast wie ein Vater, zumal er einiges älter war als Ira. Den Schuppen selbst hatte er im Erdgeschoss zu einer kleinen Werkstatt ausgebaut. Darin vollbrachte er ab und zu wahre Wunder. Denn er konnte mit Autos, beziehungsweise deren Mucken, umgehen, wie kein anderer. Vor allem Oldtimer hatten es ihm angetan. Und, dass Ira einen Chevy Pick-up fuhr, kam auch nicht von ungefähr. Sie teilte seine Leidenschaft für große, unpraktische, ewig durstige amerikanische Vehikel. Jim sorgte wiederum dafür, dass Iras fahrbarer Untersatz immer einsatzbereit und natürlich auch die Anhängerkupplung in Ordnung war. Schließlich war es angesichts des hohen Spritverbrauchs des Chevys angebracht, stets einen kleinen Tankzug mit sich zu führen ...

Ira ging über den Johannisplatz, ihr Blick fiel in Richtung Münster. Wieder einmal ärgerte sie sich über die Leere dort, seit die Bäume in einer Nacht-und-Nebel-Aktion gefällt worden waren. Damals hatte die Stadtverwaltung zwar Stein auf Bein geschworen, dass die Bäume nicht für die Tribüne für die Staufersaga weichen mussten, aber Zweifel sorgten für einen schalen Nachgeschmack. Auf jeden Fall war der Johannisplatz seiner schönen Optik beraubt. Es gab kein Grün mehr, nur noch Häuser und Pflastersteine. Langweilig und öd. So empfand es zumindest Ira. Und das, wo doch die Landesgartenschau vor der Tür stand. Da genügte es auch nicht, schnell mal 850 Bäume irgendwo an einem Waldstück im Laichle zu pflanzen. Also jeweils einen Baum für jedes der 850 Jahre, die Gmünd jetzt Stadt ist. Am Johannisplatz hielten sich schließlich mehr Menschen auf als im Nirgendwo zwischen dem Rehnenhof und Mutlangen.
Ira erreichte den Marktplatz, ging an der barocken Häuserzeile entlang bis zum Tabakladen am Unteren Marktplatz. Vor diesem war eine Schneebar aufgebaut, an der sich viele Menschen an Stehtischen prächtig zu amüsieren schienen. »Bin ich jetzt in Tirol bei der Hüttengaudi?«, wunderte sich Ira über den Anblick.
Emsig bewirteten die Freunde des Salvators die durstigen Gäste, dahinter drehte Alfons Scharrenbucher Würstchen auf dem Grill. Alles für einen guten Zweck. Man hatte sich zum Ziel gesetzt, die alte Felsenkirche am Salvator zu sanieren, inklu-

sive des Kreuzgangs der zu ihr hoch führte. Diese Schneebar war nur eine der zahlreichen Aktionen, die der Freundeskreis unternahm, um sein Ziel zu erreichen. Es gab zudem eine Sonderkollektion Salvator-Uhren und manche Versteigerung von gespendeten Antiquitäten ging ebenfalls auf das Konto der Salvatorfreunde, bürgerschaftliches Engagement in Reinkultur, eben.
Ira grüßte hie und da Bekannte und betrat schließlich den Tabakladen. In diesem traf sie auf Stadtsprecher Martin Horrteng, der genüsslich an einer Zigarre zog. »Frau Sander, wollen Sie auch mal probieren?«, hob er ihr die Zigarre einladend hin. »Nein danke, ich hab' meine Windeln nicht an. Ich bleib lieber bei meinen Zigaretten«, winkte Ira grinsend ab. Tabakladenbesitzer Werner Rauch – nomen est omen – griff hinter sich zielstrebig Iras Marke. Er kannte ihre Vorliebe. »Wie viele Schachteln?«, erkundigte er sich nur. »Vier«, orderte Ira. Die Journalistin, die seit gefühlten hundert Jahren eigentlich mit dem Rauchen aufhören wollte, war Stammkundin. Ira bezahlte, ließ die Päckchen in ihre Tasche gleiten und verließ mit einem fröhlichen »Viel Spaß noch!« den Laden.
Sie schlenderte durch die Kappelgasse, schaute sich die hübschen Plakate über ferne Urlaubsziele im Schaufenster des Reisebüros an, ging über den Zebrastreifen und steuerte das Gebäude in der Schmiedgasse an, in dem der Stauferbote beheimatet war. Als sie direkt davor stand, hörte sie ein immer lauter werdendes, blubberndes Geräusch.

»Das ging aber fix«, drehte sich Ira erfreut in die Richtung, aus der das Geräusch kam.
Das konnte nur Jim mit seinem Dodge Ram sein! Und tatsächlich, soeben hielt er direkt neben ihr. Sie öffnete die Tür und schwang sich auf den Beifahrersitz. Dabei lehnte sie sich leicht nach links und drückte Jim einen dicken Kuss auf die Wange. »Du bist doch wirklich der Beste!« Jim grinste sie an. »Ich lass' doch mein Darling nicht allein in der großen Stadt rumstehen.« Er machte gern seine Witze über Schwäbisch Gmünd und dessen beschauliche Größe. Immerhin war er Städte wie New York gewöhnt. Aber Gmünd war ihm lieber. Zum einen lag es an den tollen Fachwerk- und Barockhäusern, zum anderen gab es hier die leckersten Apfeltaschen. Für ihn war dies ein triftiger Grund, nicht mehr nach Amerika zu gehen. Da er bereits seit fast 30 Jahren in Deutschland wohnte, fühlte er sich in den USA sowieso nicht mehr wohl. Ab und zu gönnte er sich dort zwar einen Urlaub, um Familie und Freunde wiederzusehen, war aber immer froh, wenn er wieder zurückfliegen konnte. Tief im Herzen fühlte er sich als Urschwabe. Was dadurch untermauert wurde, dass er sehr sparsam war und zudem noch aus jedem Altmetall in seiner Werkstatt etwas Brauchbares neu schaffen konnte. Er war eben ein echter Tüftler und stand somit den Schwaben in nichts nach. Diese Eigenschaften hatten ihm im Laufe der Jahre viele Freundschaften eingebracht. Man wusste den »schwäbischen Ami« zu schätzen. Diese Freundschaften etwa zu Bauhofmitarbeitern gingen tiefer, als es in den

USA je möglich gewesen wäre. Denn die dort meist vorherrschende Oberflächlichkeit hatte Jim schon immer gestört. Dort ging es oft nicht darum, was man für einen Charakter hatte, sondern darum, wie viele Dollar man im Monat machte. Mit dieser Mentalität konnte Jim nichts anfangen. Und so war er in Mutlangen geblieben – und hatte es keinen Tag bereut. Mit der Sprache hatte er kein Problem, dafür hatte seine deutsche Frau gesorgt. Nur bei Ira hängte er gern den Amerikaner raus. Sein »Darling« kam ihm stets so über die Lippen, als hätte er drei Kaugummis gleichzeitig in der Mache. Ira liebte es.

Während die beiden den Herlikofer Berg hochfuhren, beugte sich gerade Kommissar Peter Brand an der Gewandmeisterei über den leblosen Körper einer jungen Frau, der im verwilderten Gestrüpp lag. In ihren langen braunen Haaren hatten sich kleine, abgebrochene Zweige verhakt. Eine unübersehbare, blutverkrustete Wunde klaffte an ihrem Hinterkopf. Dies alles erschreckte die Polizisten nicht zu sehr. Schließlich hatten sie schon mehrfach mit Toten zu tun gehabt. Nein, es war die Kleidung der Toten, die sie eher schockierte: ein wunderschönes Brautkleid. Durch den leichten Nieselregen feucht und stellenweise schmutzig geworden, aber dennoch apart.
»Was meinst Du, wie lange sie hier schon liegt«, blickte Hermann Wöllnert Peter fragend an. Er war dessen Kollege und Partner bei der Kripo.

»Schätze mal kaum mehr als eine halbe Stunde. Sonst wäre ihre Kleidung komplett nass«, mutmaßte Peter und zuckte die Schultern.
»Wie kann man eine Frau nur so zurichten. Da muss viel Hass im Spiel gewesen sein«, spekulierte Peter, während er sich zur klaffenden Kopfwunde hinabbeugte. Ich bin zwar kein Gerichtsmediziner, aber das war wohl die Todesursache.«
»Mal sehen, was die Kollegen in der Pathologie meinen. Aber ich denke, dass Du nicht falsch liegst. Da sie komplett angezogen ist, sieht es nicht gerade nach einem Sexualdelikt aus. Was meinst Du?«, blickte Hermann Peter wieder an. Dieser nickte, stand auf und ließ den Polizeifotografen seine Arbeit tun.
Abseits des Gebüschs standen die Kollegen von der Streife und unterhielten sich mit einem Mann, der einen Hund an der Leine führte.
»Ich war auf meiner üblichen, abendlichen Gassi-Tour. Weil mein Schuhbändel offen war, kniete ich nieder, um mir die Schuhe zuzumachen. Dabei hab ich sie entdeckt«, erzählte dieser den Kollegen. »Da hab' ich mich natürlich total erschrocken. Und dann sofort zum Handy gegriffen und die Polizei angerufen«, beschrieb er weiter. »Furchtbar«, fügte er kopfschüttelnd an. Peter und Hermann gingen hinüber und stellten sich dem Hundefreund vor. »Ist ihnen irgendwas aufgefallen. Ist beispielsweise ein Auto schnell weggefahren, haben sie Schreie gehört oder ähnliches?«, erkundigte sich Peter.

»Nein, leider gar nichts. War alles still. Die letzte Nähgruppe war wohl schon weg«, schüttelte der Angesprochene den Kopf.
»Was für eine Nähgruppe?«, fragte Peter.
»Na die, die hier im Schichtdienst die Kleider für diese Staufersaga machen«, deutete der Hundefreund in Richtung Gewandmeisterei, deren Umrisse sich hinter dem Gebüsch im Dunkeln abzeichneten.
»Ach so«, nickte Peter und dachte an die vielen Artikel, die er im Stauferboten darüber gelesen hatte. Er notierte sich die Personalien des Finders und bat ihn, sich für weitere Fragen am nächsten Tag zur Verfügung zu halten. Der Regen hatte sich derweil vom zarten Nieseln zum Guss ausgewachsen und der Hund hatte zu winseln begonnen. »Danke für ihre Unterstützung. Wir melden uns bei Ihnen. Gehen Sie jetzt schnell heim, bevor Sie und Ihr Hund sich noch einen Schnupfen holen«, nickte Hermann Wöllnert dem Mann freundlich zu.
»Es tut mir wirklich leid, dass ich nicht mehr mitbekommen habe«, sagte er bedauernd und ging mit seinem Hund zügigen Schrittes in Richtung Bismarckstraße weiter.
»Ein Schirm wäre jetzt nicht schlecht«, blickte Hermann missmutig zum Himmel, während er seinen Kragen hochzog.
»Warum, vielleicht wächst Du noch ein bisschen?«, frotzelte Peter. In diesem Moment fuhr der Leichenwagen vor. Die beiden Kollegen von der Streife, die als erste am Ort des Geschehens

waren, verabschiedeten sich aus der Ferne winkend. Sie waren zu einem Unfall abgezogen worden. Peter und Hermann standen einige Schritte von der Leiche entfernt, die nun behutsam in einen Sarg gelegt und in den Leichenwagen geschoben wurde.
»So, die geht jetzt nach Ulm in die Gerichtsmedizin.« Peter warf einen Blick auf seine Armbanduhr. Es war kurz vor 23 Uhr. »Wir machen Feierabend. Übrigens, Du könntest ruhig mal Dankbarkeit zeigen«, schlug Hermann vor. »Wieso?« »Na, wer hat Dich denn von der Weingeschichte im Prediger abgezogen? Und, hattest Du genug Zeit, um Dich dort wenigstens ein bisschen daneben zu benehmen?«, frotzelte Hermann grinsend.
»Na hör' mal, ich weiß doch, wie man sich benimmt!«, bemühte sich Peter um empörten Tonfall und Gesichtsausdruck. Letzterer wollte ihm allerdings nicht so recht gelingen, denn er konnte sich das Grinsen einfach nicht verkneifen.
Hermann kicherte und wollte gerade etwas erwidern, da sprach sie ein Mann an, der sich die ganze Zeit über im Hintergrund aufgehalten hatte. Es handelte sich um Achim Grill, der seit gut fünf Minuten an der Hecke gegenüber von Peter und Hermann stand. Und so den Abtransport der Leiche gerade noch mitbekommen hatte.
»Können Sie mir sagen, was da konkret passiert ist?«, blickte er die Kommissare fragend an, während sich hinter ihm auch noch Bürgermeister Dr. Jochen Braunle aus der Dunkelheit schälte. Selten hatte Peter ihn, der eigentlich immer ein leichtes

Lächeln auf den Lippen hatte, so ernst dreinblicken sehen.
»Wer sind Sie?«, antwortete Peter Brand Achim Grill mit einer Gegenfrage.
Ihm kam sein Gesicht zwar irgendwie bekannt vor, aber er wusste nicht genau, woher.
»Oh, ich bitte um Entschuldigung. Ich bin Achim Grill, der Organisator des bürgerschaftlichen Engagements für die Staufersaga«, fing Achim Grill leicht stotternd an sich vorzustellen. Eigentlich war er es gewöhnt, dass ihn jeder Hinz und Kunz kannte. Was er den Polizisten nun auch sagte.
»Ich heiße aber Brand, « erwiderte Peter trocken. Ihm ging der ganze Trubel um das Stadtjubiläum und die Staufersaga unsagbar auf den Geist. Er war der Ansicht, dass es wichtigere Dinge gab, über die man in der Zeitung berichten sollte. Etwa, dass die Stadt Schwäbisch Gmünd 100 Millionen Euro Schulden hatte, oder, dass die Stellen von Polizisten, die pensioniert wurden, nicht wieder besetzt wurden. Oder, dass es nicht mehr allzu viele junge Menschen gab, die überhaupt zur Polizei gehen wollten, da der Beruf Unterbezahlung und Überstunden en gros bedeutete. Etwa die gut eine Million Überstunden, die die Kollegen allein wegen ihrer Einsätze für Stuttgart 21 geschoben hatten. Und, und, und …
»Was meinen Sie, woran ist Sie gestorben?«, mischte sich nun der Bürgermeister mit leiser Stimme zaghaft ein. Er hatte den Leichnam nur aus der Ferne gesehen, weshalb ihm die hässliche Kopfwunde entgangen war. »Nun, das können

wir wohl eindeutig beantworten. Sie wurde brutal erschlagen«, erläuterte Hermann, während er sich neben Peter positionierte. »Also ermordet?«, blickte ihn Dr. Braunle erschrocken an.
»Ja«, bestätigte Peter. »Das darf nicht wahr sein«, schüttelte der Bürgermeister den Kopf. »Können Sie schon irgendetwas sagen oder vermuten, warum?«, erkundigte er sich bei den beiden Kommissaren. »Nein, im Moment wissen wir nichts. Aber wir machen uns an die Arbeit«, sagten beide dem Verwaltungsvertreter zu. Zu diesem Zeitpunkt wussten die Kommissare noch nicht, wie viel Arbeit dies bedeuten würde. Dr. Braunle verabschiedete sich.

Das Phantom hatte seine Wohnung betreten. Es blieb vor dem Spiegel im düsteren Flur stehen. Das Licht blieb aus. Das Phantom blickte hinein und fing an, mit sich selbst zu sprechen: »Ich glaub' es noch gar nicht! Es hat alles super geklappt! Dem Blaulicht nach zu urteilen, hat die Polizei sie bereits gefunden. Sonst ist es ja beim Gewandhaus eher ruhig und dunkel. Ich bin erlöst. Und hätte vor allem nicht gedacht, dass alles so einfach sein würde. Warum hab' ich das nicht schon sehr viel früher gemacht?« Das Phantom entfernte sich vom Spiegel. Das Klingeln eines Telefons ließ es herumfahren. »Wer ruft mich um diese Uhrzeit an?« Die Gestalt ging in das Zimmer, in dem sich das Telefon befand – und nahm ab.
»Wir müssen reden. Die nächsten Schritte müssen besprochen werden. « Das Phantom nickte.

Kapitel 5

»Ich muss tanken.« Jim bog in die Tankstelle an der Leinzeller Hauptstraße ein. »Jetzt ist das Benzin gut sechs Cent billiger als heute Mittag«, schüttelte er den Kopf. »Also das ist doch nicht mehr normal!«, ärgerte er sich über die immensen Preisschwankungen. »Warum regst Du Dich über etwas auf, das Du ohnehin nicht ändern kannst?«, wunderte sich Ira. »Das ist ja das Problem. Jeder denkt so – und dann wird sich nie was ändern!«, warf ihr der Amerikaner vor. »Bei uns in Amerika würde man auf die Straße gehen, wenn der Sprit so teuer wäre!«

»Du hast es nötig. Dein geliebtes Amerika ist neben China und Indien an erster Stelle in Sachen Umweltverschmutzung! Ändert doch da mal was!«, konterte die Journalistin.

»Peace«, brummte Jim, während er seine Tür öffnete und sich vom Sitz schwang. »Gegen Dich komm' ich ohnehin nicht an.« Er hob in einer hilflosen Geste die Hände. »Na also, geht doch!«, grinste Ira spitzbübisch. Während Jim tankte, schaute sie in ihrem Handy nach, ob es eine neue Nachricht gab. Aber dem war nicht so. »Bin ja mal gespannt, was da in Gmünd passiert ist«, überlegte Ira. Wohl wissend, dass ihr Peter alles berichtete, wenn er nach seinem Einsatz nach Hause kam. Denn auch wenn sie bei der Zeitung arbeitete, hatten Peter und Ira die Übereinkunft, dass sie alles erzählt bekam, ohne dass sie jemals ein Sterbenswörtchen veröffentlichen würde.

Peter mochte ihre Art, die Dinge zu betrachten. Sie hatte ihm nicht nur einmal bei seinen Ermittlungen auf die Sprünge geholfen.
Die Journalistin war ohnehin eher auf dem Land unterwegs. Um Stadtgeschichten kümmerten sich die Stadtredakteure. Was Ira ganz recht war. Sie fühlte sich eher in Gemeinderatssitzungen wohl, in denen noch das ganze Gremium per Du miteinander war. Wenn Dinge wie Sanierungen von Kläranlagen oder auch mal der Anbau an einen Kindergarten als absoluter Höhepunkt in einem kommunalpolitischen Jahr galten. In den kleineren Gemeinden gab es selten Parteipolitik. Normalerweise zogen alle an einem Strang für ihr Dorf. Natürlich gab es da auch ein paar Ausnahmen, und die hatten dann prompt die Wirkung, dass Entwicklungen am Ort eher schleppend verliefen, weil ein Sturkopf der einen Partei dem einer anderen Paroli bot. Wie in der Stadt, wo sogar noch darum gezankt wurde, welcher Vertreter welcher Partei bei der Staufersaga und im folgenden Zug welches Gewand in Gmünd tragen würde. Also, wer einen damals Adligen darstellte und welche Rangordnung das Gewand symbolisierte. Ira fand das einfach nur kindisch.
Die große Politik hatte Ira erfolgreich hinter sich gelassen, als sie der Stuttgarter Redaktion den Rücken kehrte und nach Heckenbach gezogen war. Hier fühlte sie sich frei, musste sich nicht dem Druck in einer Großredaktion beugen.
Niemals hatte sie diesen Schritt, den sie vor sechs Jahren getan hatte, bereut.

Sie fühlte sich als freie Journalistin pudelwohl und mochte die Menschen auf dem Land. Ihr war ein brummelnder Bauer lieber als ein wortklaubender Pädagoge. Während letzterer gern mit vielen Worten wenig sagte, redete der Bauer dafür in wenigen Worten Tacheles. Bei manchen Gemeinderäten hatte man allerdings das Gefühl, dass sie sich nur wählen ließen, um dem Bürgermeister ans Bein zu pinkeln, die Sitzungen unnötig in die Länge zu ziehen und das übrige Gremium mit ihren Weltanschauungen zu nerven. Nicht selten wurden da schon mal EU- oder Bundesgesetze ob ihrer Sinnhaftigkeit in Frage gestellt - und gefordert, dass man sich doch mal darüber hinwegsetzen solle. Ira bewunderte regelmäßig die Bürgermeister, die gelassen blieben, auch beim größten Stuss, den die Räte - meist dieselben - von sich gaben. Wäre sie selbst Bürgermeisterin gewesen, würde ihr das am Schwersten fallen und sie wäre wahrscheinlich von einer Dienstaufsichtsbeschwerde in die andere geschlittert. So manches Mal überlegte sich die Journalistin, ob die Sprengelsitzungen, in denen sich die Bürgermeister aus dem Ostalbkreis regelmäßig mit Landrat Klaus Pavel trafen, nicht eher den Charakter einer Selbsthilfegruppe hatten. Schließlich konnten sich hier die Schultes untereinander austauschen, Erfahrungen weitergeben oder einfach nur mal den Kropf leeren, ohne dass es Außenstehende mitbekamen. Schließlich saßen sie alle im selben Boot. Sie mussten die gleichen Steuern erhöhen, EU-Richtlinien umsetzen oder etwa in teuren Artenschutzgutachten nachwei-

sen, dass in einem geplanten Baugebiet tatsächlich kein Neuntöter, roter Milan oder diverse Kröten vegetierten, die im Rang per Gesetz anscheinend höher standen als der siedlungswillige Mensch.
Die Erbschaft ihrer Tante war damals gerade zur rechten Zeit gekommen, so dass Ira sich das Haus in Heckenbach zulegen konnte. »Ich kann doch wirklich zufrieden sein!«, blickte sie Jim liebevoll an, als dieser an der Tankstelle wieder in den Wagen stieg. Sie lehnte sich zu ihm hinüber und drückte ihm einen Kuss auf die Wange.
»Darling, geht es Dir gut?«, wusste dieser gar nicht, wie ihm geschah. Zumal sie doch gerade noch ein klitzekleines Streitgespräch über seine Heimat geführt hatten. »Du musst jetzt umdenken. Peter wird es nicht so gern sehen, wenn Du mich mit Küssen übersäst!«, hob er warnend den Finger. Dabei war Jim natürlich bewusst, dass Peter seine enge Bindung zu Ira kannte und akzeptierte. Schließlich waren sie echte Freunde, die vieles gemeinsam erlebt hatten. So lange er atmete, würde er auf sie aufpassen. Vor allem darauf, dass ihr niemand wehtat. Zum Glück hatte sie Peter gefunden. Der war aus Jims Sicht ein feiner Kerl. Zumal er obendrein dieselbe Liebe zu Oldtimern hatte. »Wir sind schon ein verrücktes Dreiergespann«, amüsierte er sich, während er wieder von der Tankstelle in die Straße einbog. Doch wenn Peter sich einen Schnitzer gegenüber Ira erlauben würde, bekäme er große Probleme mit Jim. Oldtimer hin - lieber Kerl her. Ira war schließlich die beste Freundin seiner geliebten Frau gewesen. Als

diese schwer an Krebs erkrankte und schließlich starb, war Ira nicht von seiner Seite gewichen. Sie hatten nie darüber gesprochen, doch dieser Zusammenhalt hatte ihm damals wieder neuen Lebensmut gegeben. Deshalb würde er immer für Ira da sein. Egal, ob sie ihm von ihrer Arbeit erzählen, oder sich einfach nur mal an seiner breiten Schulter ausweinen wollte.

»You are the one and only«, stellte Ira soeben fest – als hätte sie seine Gedanken erraten. Jim lächelte sie an. Dass sie diesen Ausspruch durchaus ernst meinte, war ihm klar. Wenn sie mit Peter stritt, war es Jims Part, dafür zu sorgen, dass die beiden wieder miteinander redeten. Entweder Ira oder Peter heulten sich regelmäßig bei ihm aus, wenn es mal wieder Zoff gegeben hatte. Sie waren beide Sturköpfe. Aber zwei, die trotzdem unheimlich gut zusammenpassten. Er fühlte sich als eine Art älterer Bruder des Paares. »My family«, beendete er den Gedankengang zufrieden.

»Bin ja mal gespannt, was da passiert ist«, erzählte Ira Jim, wie Peter vom Weintreff übers Handy abkommandiert worden war. »Du wirst es erfahren«, nickte Jim, während er in sich hineingrinste. Er wusste, dass Peter eigentlich keine Lust auf die Veranstaltung im Prediger gehabt hatte. Da war ihm der Einsatz mit Sicherheit ganz recht gekommen.

Während Jim in die Hofeinfahrt von Iras Häuschen einbog, blickte Kommissar Brand gerade fragend den Stadtjubiläum-Organisator Achim Grill an.

»Wie haben Sie von der Toten erfahren?«
»Ich bekam einen Anruf von einer Näherin«, zeigte der Angesprochene hinter sich. Dort stand eine ältere Frau, die neben den Autos auf dem Parkplatz bei der Gewandmeisterei im Dunkeln gewartet hatte. Peter winkte sie zu sich her und sie folgte seiner Aufforderung postwendend.
»Oje, eine, die zwar nichts gesehen hat, aber alles wissen will, damit sie es ihren Bekannten im Café Margrit auf die Nase binden kann. Und bei jeder erneuten Schilderung kommt noch ein bisschen mehr Stoff dazu«, machte sich der Kommissar schnell einen Eindruck von der Frau, die sich näherte. Jetzt erst bemerkte er, was ihm schon die ganze Zeit auf den Geist ging: Die Kollegen hatten immer noch das Blaulicht an. Was die ganze Szene auf dem Parkplatz hinter der Gewandmeisterei in gespenstische Atmosphäre tauchte.
»Macht mal die Beleuchtung aus – oder wollt ihr noch mehr Schaulustige anziehen?«, rief er dem Polizisten zu, der ihm am nächsten stand. Dieser hob beschwichtigend die Hände, ging zum Auto und beendete den Spuk. »Na also, schon viel besser«, brummelte der Kommissar in seinen nicht vorhandenen Bart.
»Es tut mir soooo leid, ich hab' gar nichts gesehen«, rief ihm die Frau bereits von weitem zu. »Es geht doch nichts über eine gute Menschenkenntnis«, brummte Peter in sich hinein. Denn die Gute kam ihm regelrecht lauernd entgegen.
Ihr elanvoller, fast eleganter Schritt passte so gar nicht zu ihrer relativ unordentlichen Frisur.

Diese hatte mächtig unter dem Nieselregen gelitten. Braune Haare umrahmten ihr streng wirkendes Gesicht mit den harten Zügen. »Die war in jungen Jahren bestimmt mal ganz anschaulich«, ging es Peter durch den Kopf. Laut erkundigte er sich bei ihr nach Ihrem Namen.

»Gabriele Zander-Fillt«, antwortete diese beflissen, während sie hoch erhobenen Hauptes vor ihm stand.

»Wieso waren sie zu dieser späten Stunde hier?«, erkundigte sich Peter bei ihr.

»Ich war heute Nachmittag hier mit meiner Nähgruppe und bin dann gegangen. Als ich zuhause angekommen war, bemerkte ich, dass ich meine Stoffe, an denen ich zuhause weiternähen wollte, in der Tüte in der Gewandmeisterei vergessen hatte. Also bin ich nochmal zurück. Und da hab' ich die Polizei gesehen. Ein netter Herr in Uniform erklärte mir, dass man eine Leiche gefunden hat – und da hab' ich gleich Herrn Grill angerufen. Der muss das ja wissen. Schließlich organisiert er hier alles!«, endete die Frau leicht atemlos. »Das ist ja alles soooo furchtbar«, setzte sie nach und holte Luft. Doch bevor sie zu einer neuen Wortsalve ansetzen konnte, ergriff Achim Grill das Wort.

»Und das war auch ganz richtig so, Frau Zander-Fillt. Ich bin Ihnen sehr dankbar dafür«, nickte er ihr bekräftigend zu.

»Da Sie beide offensichtlich nichts Relevantes zur Aufklärung des Mordes beitragen können, darf ich Sie nun bitten, diesen Platz zu verlassen. Es ist auch schon ziemlich spät. Gehen sie nach Hause.

Aber halt, eine Frage hab' ich noch Frau Zander-Grill«, blickte Peter sie an.
»Zander-Fillt!«, verbesserte ihn die Befragte augenblicklich, während die Empörung in ihrer Stimme nicht zu überhören war.
»Natürlich. Ich bitte um Entschuldigung«, verbesserte sich Peter schnell. »Frau Zander-Fillt, kennen Sie das Opfer?«
»Ich weiß nicht, man hat mich ja nicht hingehen lassen«, antwortete sie bedauernd. »Ich hab' nur dunkelbraune Haare gesehen, sonst nichts. Dann wurde sie gleich zugedeckt – und ich stand ja weit weg, wies sie mit dem Kopf vom Gebüsch weg zum Parkplatz.
»Klar. Die Tote heißt Carmen Goldbauer«, erklärte Peter ihr. Die Kollegen hatten die Handtasche des Opfers mit Führerschein und Ausweisen aus dem Gebüsch gefischt. Bargeld befand sich allerdings nicht mehr im Geldbeutel, was auf einen Raubmord schließen ließ.
»Was? Carmen? Oh Gott, das ist ja furchtbar!« Der Schreck stand Frau Zander-Fillt ins Gesicht geschrieben. Sie presste beide Hände an die Wangen, riss die Augen auf und blickte dabei Achim Grill fragend an. »Das haben Sie mir noch gar nicht gesagt. Carmen Goldbauer? Das ist wirklich sehr tragisch«, schien auch er sehr betroffen. Kopfschüttelnd stand er da. »Sie ist eine großartige Näherin – wie ihre Mutter Elvira. Besser gesagt, sie war.«
»Hmmm«, nickte der Kommissar. Er befürchtete, dass nun die Tote in den schillerndsten Farben be-

schrieben werden würde und war bestrebt, diese Unterhaltung zu beenden. »Bitte geben Sie ihre Adresse noch einem Kollegen«, forderte er daher Grill und Zander-Fillt auf. Wie aus dem Nichts stand Hermann Wöllnert plötzlich neben ihm – den Block bereits gezückt. Er hatte während des Gesprächs ein paar Meter weggestanden und sich einen Schokoriegel schmecken lassen.
»Also, Frau Zander-Grill, wie lautet ihre Adresse?«, fragte er mit unschuldigem Blick.
»Zander-Fillt! Wie oft denn noch?«, ärgerte sich die Gute. Ein Glück, dass sie dabei nicht Peters Gesicht sah, denn der hatte alle Mühe, ein breites Grinsen zu unterdrücken. Kollege Hermann hatte offensichtlich alles mitgehört, während er die Kalorienbombe vernichtet hatte. Und sich jetzt noch ein Späßchen mit der Frau erlaubte.
»Ach, das tut mir aber leid. Wahrscheinlich liegt es daran, dass ich nicht richtig hingehört habe«, bemerkte Hermann Wöllnert knochentrocken, während er wichtigtuerisch seinen Stift auf dem Block hin und her bewegte. Peter war drauf und dran loszuprusten.
Zur Vorsicht drehte er sich etwas weg von der Frau. Deren Entrüstung hatte den Siedepunkt erreicht. Und da wäre es nicht gerade passend gewesen, wenn sie Peters Mimik gesehen hätte.
»Also wissen Sie! Ich bin hier in der Stadt eine bekannte Person. Schließlich bin ich seit der ersten Stunde in der Gewandmeisterei tätig.«
Die Frau schnaubte ein paar Mal hörbar, reckte ihre Nase noch etwas höher in die Luft und gab

dann ihre Adresse an. Peter, der sich jetzt wieder im Griff hatte, verabschiedete sie und Achim Grill. »Wir werden uns noch bei Ihnen melden«, entließ er sie. »Moment, eine Frage habe ich noch. War die Tote verheiratet?«, rief er ihnen hinterher.
»Nein. Oh Gott, jetzt wo sie es sagen! Sie wollte in zwei Wochen heiraten. Einen netten jungen Mann.«
»Können Sie mir seinen Namen sagen?«, erkundigte sich Hermann.
»Ich bin so geschockt. Der fällt mir gerade nicht ein. Ich glaube Friedrich - oder so. Den Nachnamen kenn' ich nicht«, bedauerte sie kopfschüttelnd. »Aber ihre Eltern kenn' ich gut. Ihre Mutter ist wie gesagt ebenfalls Näherin, und ihr Vater ist oft in der Rüstmeisterei. Sie wohnen in der Innenstadt«. Peter erkundigte sich nach deren genauer Adresse und schrieb sie auf. »Danke, gute Nacht. Kommen sie gut nach Hause.« Achim Grill, der auf Nachfrage nichts Näheres über das Privatleben der Ermordeten wusste, schüttelte immer wieder fassungslos den Kopf. »Hab' ich richtig gesehen? Das sah aus wie ein Brautkleid, was sie anhatte«, blickte er Peter fragend an. »Ja«, antwortete dieser knapp. Grill hatte genug Gespür, um zu bemerken, dass das Gespräch endgültig abgeschlossen war. Der Kommissar würde keine weiteren Erläuterungen über das Auffinden der Leiche und die näheren Umstände geben. »Die wissen selbst noch nichts«, ging es ihm durch den Kopf.
Es tat ihm leid, dass er so wenig zur Aufklärung beitragen konnte.

Er kümmerte sich zwar rege um die Organisation rund um das Stadtjubiläum, konnte aber nicht alle Ehrenamtlichen persönlich kennen. Gemeinsam mit Frau Zander-Fillt verließ er den Platz. Peter und Hermann blickten den beiden hinterher, wie sie sich schließlich an ihren geparkten Autos per Handschlag verabschiedeten und losfuhren.
»Du bist so herrlich«, lachte Peter und schlug Hermann kameradschaftlich auf die Schulter. »Das war aber trotzdem nicht nett! Geht man so mit einer bekannten Gmünderin um? Schäm Dich!«, spielte er auf den absichtlich mehrfach verdrehten Namen der ehrenwerten Frau Zander-Fillt an.
»Ich habe mich halt verhört«, zuckte Hermann grinsend die Schultern. Die beiden Polizisten verließen nun ebenfalls den Parkplatz. »Wir kommen nicht drum rum. Jetzt ist die Hiobsbotschaft angesagt«, schaute Peter Hermann von der Seite an. Der Kollege, der im Gegensatz zu Peter von eher kleinem, schmächtigem Wuchs war, zog einen zweiten Schokoriegel aus der Tasche. »Dafür muss ich mich aber noch stärken«, wickelte er diesen aus und biss ein kräftiges Stück ab.
»Wie machst Du das bloß? Du stopfst tausende Kalorien in Dich rein und ich nehm ständig zu!«, ärgerte sich Peter. Dabei strich er sich über seinen kleinen, aber durchaus sichtbaren Bauchansatz. Mit seinen breiten Schultern und seiner stattlichen Statur hätte man Kollege Hermann fast zweimal in ihn hineinpacken können. »Du Zwerg!«, schob er mit fiesem Grinsen noch nach. »Ich finde das völlig in Ordnung. Bei Deinem Auftreten bekom-

men die Menschen mächtig Respekt. Du bist eben der echte Bulle. Ich hingegen bin eben das Gehirn des Teams!« Noch während Hermann - immer noch genießerisch kauend - dies aussprach, duckte er sich in weiser Voraussicht weg. Denn Peter hatte bereits zum Schlag ausgeholt. Beide mussten lachen. »Und jetzt, im Alter, wirst Du auch noch wegen Deiner Leibesfülle langsam«, spielte Hermann nun auch noch darauf an, dass Peter fast zehn Jahre älter war als er. Als Antwort überraschte ihn Peter mit einem schnellen Sprung auf ihn zu. Dabei legte er flugs seinen Arm um Hermanns Kopf - und dieser fand sich plötzlich im Schwitzkasten wieder.

»Du solltest mal das Deo wechseln«, piepste Hermann unbeeindruckt von dieser Aktion zwischen Peters Bizeps hervor. Dieser ließ ihn grinsend los und wuschelte ihm die Haare. Peter war froh, so einen Kollegen an seiner Seite zu haben. Sie hatten viel zusammen erlebt und hielten zusammen wie Pech und Schwefel. Vor allem beim letzten Fall.

Bei diesem hatte der Chef Peter suspendiert - bevor er selbst wegen Inkompetenz in den frühzeitigen Ruhestand versetzt worden war. Kollege Hermann hatte dem Freund und Kollegen treu an der Seite gestanden. So hatten sie gemeinsam die drei fürchterlichen Morde, bei denen eine mittelalterliche Streckbank eine wichtige Rolle gespielt hatte, aufklären können.

Wie zur Belohnung hatten sie einen neuen Kripo-Chef, Hermann Strohmüller, bekommen.

Dieser war zum Glück fair, kompetent und menschlich in Ordnung.
»Was meinst Du, mit was haben wir es zu tun?«, fragte Hermann – jetzt wieder geschäftlich. »Dunkelheit, einsame Gegend, junge Frau. Geld verschwunden. Nur das Brautkleid passt irgendwie nicht ins Bild.«
»Du denkst an Raubmord?«, blickte ihn Peter an.
»Schätze schon. Sie war einfach zur falschen Zeit am falschen Ort«, nickte Hermann. »Vielleicht hat sie das Brautkleid getragen, um daran etwas in der Näherei zu ändern. Aber komisch ist das schon«, stellte Peter fest. »Auf jeden Fall haben wir jede Menge zu tun. Schließlich müssen wir mit allen Näherinnen reden. Die sind hier ja in Schichten eingeteilt und parken immer alle hier. Vielleicht hat jemand von der späten Schicht was mitbekommen«, schlug Hermann vor, während er an seinem Auto angekommen war. »Wir brauchen auf jeden Fall jede Menge Verstärkung vom Revier für die Befragungen«, nickte Peter. »Ach so, Du bist ja auch mit dem Auto da. Fahren wir getrennt in die Innenstadt?«, erkundigte er sich bei Peter.
»Nö, ich bin ja mit Iras Wagen da. Den braucht sie morgen früh. Soweit ich weiß, muss sie am Vormittag auf einen Termin. Ich fahr' einfach hinter Dir her«, lehnte Peter ab. »Okay«. Hermann schloss sein Auto auf und stieg ein. Peter musste noch ein paar Meter weiter gehen, bis er an Iras Wagen war. Da er als Letzter am Tatort angekommen war, hatte er mit einem der hinteren Park-

plätze Vorlieb nehmen müssen. Peter ließ Hermann an sich vorbeifahren und bog schließlich hinter ihm in die Bismarckstraße ein. Die beiden Kripobeamten hatten zwar kein Wort darüber geredet, aber wussten genau, was sie jetzt erwartete. Schließlich war es nun ihre Aufgabe, den Eltern die schlechte Nachricht zu überbringen. Der Blick in den Personalausweis der Toten hatte gezeigt, dass sie in der Honiggasse wohnte. Nicht mehr bei den Eltern. Sie war laut Ausweis 28 Jahre alt gewesen. Eindeutig zu jung, um zu sterben.
»Warum müssen immer wir solche Nachrichten überbringen? Hätten nicht mal die Kollegen Bereitschaftsdienst haben können?«, ärgerte Hermann sich, während er an der Baldungskreuzung in Richtung Königsturmstraße einbog. In der Vergangenheit waren es tatsächlich stets die Kommissare Brand und Wöllnert gewesen, die es in Gmünd mit Leichen zu tun bekamen. Dabei war die Stauferstadt ein eher beschauliches Pflaster. Einbrüche, Betrug oder auch mal ein vermisster Senior, das war der Alltag. Morde gab es wirklich nicht alle Tage – Gott sei Dank.
»Was soll's, da müssen wir jetzt durch«, dachte Hermann und gab Gas. Im Rückspiegel sah er Peter in Iras Chevy Pick up. Da dieses Vehikel viel höher war als sein Opel, blendete ihn das Licht im Rückspiegel. Kurzerhand drehte er diesen ein wenig von sich weg und atmete tief durch. »Wäre es doch bloß schon zwei Stunden später«, wünschte er sich innbrünstig. Er hasste es, Todesnachrichten zu überbringen.

»Was bringt wohl der Gerichtsmediziner raus?«, versuchte er sich abzulenken. »Wahrscheinlich auch nicht mehr, als wir bereits wissen. Die Tote wurde offensichtlich erschlagen«, war sich Hermann sicher. Schließlich bog er in die Straße ein, in der die Eltern wohnten, und parkte. Peter glitt in die Parklücke hinter ihm. Beide stiegen aus und blickten auf das Haus. »Na, dann wollen wir mal. Gott sei Dank scheinen sie noch auf zu sein«, versuchte Peter seinen Kollegen zu motivieren. Tatsächlich waren die Fenster des stattlichen Gebäudes hell erleuchtet. Obwohl es bereits nach 23 Uhr war. »Die leben nicht gerade von Hartz IV«, dachte er beim Blick auf das feudale Gemäuer, an dessen Grundstücksgrenze sich der Josefsbach schlängelte. Von weitem war zu erkennen, dass die Bauarbeiten für die Landesgartenschau bereits weitestgehend fertig waren. Der Fußweg, der entlang des höher gelegten Bachlaufs zum Spazieren animieren sollte, war fast vollendet.
Peter schritt hinter Hermann her. Akkurat geschnittene Buchsbäume und diverse Statuen säumten den Fußweg. Hermann kam als erster an der Haustür an, die durch zwei begleitende Säulen wie ein Portal wirkte. An der weißen Tür hing ein Messingklopfer in Form eines Löwenkopfes mit Ring im weit aufgerissenen Maul. Hermann drückte die daneben platzierte, im Gegensatz zum Löwenkopf eher unscheinbar wirkende Klingel. Nach gut einer Minute, Peter wollte gerade als nächster sein Glück am Klingelknopf versuchen, wurde die Tür geöffnet.

Ein etwa 75-jähriger, stattlicher Mann in schwarzen Stoffhosen, die unter einem Hausmantel hervorlugten, blickte die beiden Kripobeamten fragend an. Er strahlte eine natürliche Autorität aus. Peter und Hermann stellten sich augenblicklich aufrecht hin und strafften ihre Schultern.
»Wissen Sie eigentlich, wie spät es ist?«, herrschte er die Polizisten an.
»Wir sind Peter Brand und Hermann Wöllnert, Kriminalpolizei Schwäbisch Gmünd. Dürfen wir bitte reinkommen?«, stellte Peter sich und den Kollegen vor.
»Ist es Carmen? Warum kommt ihr denn nicht rein und redet an der Haustür?«, erschien eine Frau, ebenfalls in einem Hausmantel, im großzügigen Eingangsbereich. Trotz ihres Alters, Peter schätzte sie ebenfalls auf um die 70, war sie attraktiv. Ihre blonden Haare waren zu einer ordentlichen Kurzhaarfrisur geschnitten und in ihren Ohren steckten Brillant-Ohrringe, deren Wert das Monatsgehalt von Peter mit Sicherheit weit überstieg. Sie hatte die Frage an ihren Gatten gerichtet, der mit steinernem Gesichtsausdruck da stand und mit der Hand eine hilflose Geste machte. »Die Herren sind von der Polizei und wollen reinkommen«, erklärte er seiner Frau.
»Ja, Albert, dann lass sie doch auch reinkommen!«, schüttelte die Frau ob ihres ungastlichen Gatten verständnislos den Kopf.
»Meine Herren, was kann ich für Sie tun?«, lächelte sie die Kommissare an und machte eine einladende Bewegung in den Hausgang.

Es war deutlich, dass sie Gäste in ihrem Haus gewöhnt war. Peter und Hermann traten mit ernstem Blick ein. Erst dadurch wurde der Frau die ungewöhnliche Situation bewusst. Ihr Lächeln erstarb.
»Ist was mit Carmen, ich meine unserer Tochter?« blickte sie die Beamten ängstlich an, während sie ihre rechte Hand instinktiv auf ihren Bauch legte und sich mit der linken am Türrahmen festhielt.
»Es tut mir sehr leid«, nickte Peter, während der Gatte wie ferngesteuert die Haustür zu machte.
»Lassen Sie uns ins Wohnzimmer gehen und uns hinsetzen«, schlug Hermann mit leichtem Nachdruck vor.
Der breitschultrige Hausherr ging vor, während seine Gattin den beiden Polizisten folgte. Im Wohnzimmer angekommen, setzten sie sich alle auf weiße Lederstühle, die rund um einen Glastisch angeordnet waren. Bis auf die Frau.
Unter ihren Schritten hatte das Parkett ein wenig geknarzt. »Eine richtig schöne Stadtvilla«, blickte sich Peter heimlich um. Hier trafen Stil und Geld auf beste Weise zusammen. Wie oft war es der Fall, dass jemand zwar Geld, aber keinen Geschmack hatte. Doch hier passte wirklich alles.
»Was möchten Sie uns mitteilen?«, fragte der Hausbesitzer und schaute Peter ins Gesicht. Der nahm eine aufrechte Haltung ein. Sein Gegenüber war jemand, der genau wusste, was er tat. Und sich seiner Ausstrahlung sehr wohl bewusst war. »Setz Dich hin, Elvira«, blickte der Mann zu seiner Frau, die sich mit beiden Händen an einer Stuhllehne festgeklammert hatte.

Sie folgte seiner Aufforderung. Was sie und ihr Gatte nun zu hören bekamen, ließ beide in ein tiefes Loch sinken. Geschockt blickten sie auf den Boden. Sie waren ihrer geliebten Tochter beraubt worden. Was für ein Albtraum. Die Frau saß wie im Schockzustand immer noch kerzengerade auf dem Stuhl. Ihr Blick war leer. Sie zeigte keine Regung. »Alte Schule, nur nicht die Contenance verlieren«, überlegte Peter beeindruckt. Ihr Gatte wiederum blickte beide an. »Sie müssen den Mörder finden«, stellte er mit harter Stimme fest, während er seine Hand auf die seiner Gattin legte und diese zärtlich drückte. Peter und Hermann nickten wortlos. »Wir tun unser Bestes«, gab er seinerseits ein Versprechen ab. Da lösten sich die Augen der Frau für einen Moment aus ihrer Starre. Sie fixierte ihn mit ihrem Blick. Nie würde Peter diesen Schmerz vergessen, der sich darin widerspiegelte. Doch es lag noch etwas anderes in diesem Blick: abgrundtiefer Hass. Es lief ihm ein eiskalter Schauer über den Rücken. Der Vater versuchte seine tiefe Trauer hinter einer festen Stimme zu verbergen. Doch mit der Mutter verhielt es sich anders. Sie hatte keinen Ton verloren, seit Peter die Nachricht von der Ermordung ihrer Tochter übermittelt hatte. Sie schien in eine andere Welt abgetaucht zu sein, verbarg sich hinter einem imaginären Vorhang, den nur sie selbst wieder würde zurückschieben können. Und genau dies tat sie soeben. Peter spürte, wie ihn ihr Blick durchbohrte. Ihn fröstelte.
Sie sagte immer noch nichts. Hermann beobachtete, wie sein Kollege wie fixiert auf seinem Stuhl

saß. »Mann, hat die einen Blick drauf«, dachte er erschrocken über die dunkelbraunen Augen der Frau, die eine ungeheure Kraft ausstrahlten. »In einem Science-Fiction-Film würden jetzt noch feurige Strahlen aus ihren Augen kommen und sich in Peters Körper bohren.« Die unheimliche Situation dauerte Sekunden. Dann blickte die Frau plötzlich weg und Peter schien auf seinem Stuhl zusammenzusacken. Er hatte verstanden, was die Frau soeben ohne Worte von ihm gefordert hatte. Sie wollte Genugtuung. Nein, mehr noch, ihr Blick forderte: Rache. »Die müssen wir im Auge behalten. Die ist zu allem fähig. Sie ist eine echte Mutter, die kein Pardon kennt«, schoss es ihm durch den Kopf. Sein Blick zu Hermann, der neben ihm saß, zeigte ihm, dass auch der verstanden hatte. Wie auf ein geheimes Kommando standen die Kommissare gleichzeitig auf. »Sie hören von uns«, verabschiedeten sie sich. »Und nochmals, unser herzliches Beileid. Wir möchten sie nicht länger stören, es ist schon spät. Wir melden uns aber gleich morgen früh wieder bei Ihnen. Für unsere Ermittlungen ist es wichtig, dass wir nicht zu viel Zeit verlieren. Bitte haben sie Verständnis.« Der Mann stand zwar auf, brachte aber keinen Ton über die Lippen. Er schien um Jahre gealtert, seit er vom Tod seiner Tochter wusste. Seine Frau stand auf. Sie wirkte zart und elegant, wie man sich eine Fee vorstellte. Doch sie antwortete in einem harten Ton, der ihre Anmut Lügen strafte: »Gewiss.«

Kapitel 6

Ira kniff die Augen mehrmals zusammen. Sie brannten fürchterlich. Natürlich hätte sie bei der Arbeit am Computer besser ihre Brille aufsetzen sollen. Aber um diese zu holen, wäre ein Gang ins Schlafzimmer vonnöten gewesen. Denn das gute Stück lagerte stets auf dem aktuellen Buch, das Ira zur Bettlektüre erkoren hatte. Bis zum Schlafzimmer waren es aber mindestens zehn Meter. Eindeutig zu weit für sie! Ira zwinkerte abermals, während sie erneut den Artikel über den Remstaler-Weintreff durchlas, den sie gerade der Tastatur entlockt hatte. »Gut, jetzt passt es. Also ab mit dir.« Sie klickte auf den »Senden«-Button und schickte den Text per E-Mail in die Redaktion. »Soll ich jetzt noch ein Gläschen Wein trinken und auf Peter warten, oder ins Bett gehen?«, überlegte sie und nagte dabei auf ihrer Unterlippe. Natürlich wollte sie auf Peter warten! Schließlich war ihr zweiter Vorname Neugier und sie wollte etwas über die Leiche in Erfahrung bringen. Aber es war bereits kurz nach Mitternacht. »Jetzt trink ich noch ein Gläschen, und wenn er bis dahin nicht kommt, leg' ich mich hin«, beschloss sie. »Wer wohl die Leiche war, die bei der Gewandmeisterei gefunden worden war?«, überlegte sie. »Kenn' ich sie am Ende? Es müsste sich um jemand relativ Bekanntes handeln, sonst wäre wohl Achim Grill nicht so verstört gewesen und hätte sich samt Bürgermeister Braunle vom Acker gemacht. Obwohl, sie wären wohl auch bei einer Unbekannten hingegangen. Ein Mord ist in Gmünd nichts Alltägliches. Nun, ich muss mich in Geduld üben. Peter kommt hoffentlich bald.« Ira schaute aus dem Fenster ihres Arbeitszimmers hinüber zu Jims Wohnung über der großen Garage. »Der schläft schon tief und fest«, war sie sich sicher. Denn es brannte kein Licht mehr. Als sie zuhause angekommen waren, hatte sie bemerkt, dass er hundemüde war. Wahrscheinlich war er schnurstracks ins Bett gegangen. Sonst hätte Ira ihn noch zu einem kleinen Umtrunk eingeladen – und der Artikel wäre somit nicht fertig geworden. »Gut so«, nickte sie zufrieden und schaltete die Lampe auf dem Schreibtisch aus. Sie verließ ihr Arbeitszimmer und »schlurfte« in Richtung Küche. Denn von »gehen« konnte keine Rede sein, hatte sie doch ihre Lieblingshausschuhe an. Größe 42. Da Ira auf kleinem Fuß lebte, hätte ihr Größe 38 gereicht. »Aber im Winter muss ich meine dicken Socken anziehen, die müssen da locker reinpassen«, argumentierte sie Peter gegenüber für das Tragen der Übergröße. Der zog sie regelmäßig mit ihren Schlappen auf. Aber ohne die selbstgestrickten Socken der Vinzentinerinnen, die Ira jedes Jahr beim Missionsbasar im Seniorenzentrum Sankt Anna erstand, würde sie die stellenweise recht strengen Winter auf der Ostalb einfach nicht überleben. Dass Peter sie stets auf die warmen Temperaturen innerhalb der Wohnung aufmerksam machte, tat sie dann immer mit einem leichten Schulterzucken ab, und stellte lapidar fest: »Es geht um die Gemütlichkeit.«

In der Küche angekommen, griff sie sich die Weinflasche und goss sich ein Glas Samtrot aus dem Remstal ein. Sie schlurfte weiter ins Wohnzimmer und stellte das volle Glas auf dem Tisch neben dem Sofa ab. Dann kuschelte sie sich in die Kissen und legte sich noch eine Decke über die Beine. Schließlich schnappte sie sich das Glas und nahm den ersten Schluck. »Mmhmmmm ...«, genießerisch schloss sie die Augen. »Ein feines Tröpfchen.« Da meldete sich ihr Gewissen. Wie konnte sie so gemütlich auf dem Sofa sitzen und das Leben genießen, wenn eine Frau bei der Gewandmeisterei tot aufgefunden worden war! Ein Geräusch an der Haustür wischte diesen Gedanken jedoch weg. Ira hörte, wie jemand die Treppe hochkam und die leicht quietschende Wohnungstür öffnete. »Könnte man auch mal ölen«, vernahm sie aus Richtung Flur. Peter hatte endlich Feierabend und war nach Hause gekommen. »Was für ein Scheißjob!« Mit diesen Worten betrat er das Wohnzimmer. Bereits beim Herfahren hatte er gesehen, dass noch Licht brannte und Ira wohl auf ihn wartete. Gott sei Dank, so konnte er wenigstens noch mit ihr reden. Das half immer nach schwierigen Fällen und emotionalen Belastungen, wie das Überbringen einer Todesnachricht. So etwas ging ihm ziemlich an die Nieren.
»Ich wünsch' dir auch einen schönen Abend«, tönte ihm Ira vom Sofa entgegen.
Der Kommissar hatte wie immer vergessen, eine ordnungsgemäße Begrüßung abzuliefern. Das war Ira zwar gewöhnt, ebenso wie die Selbstge-

spräche, die er führte, wenn er den Raum betrat. Dulden wollte sie diese stoffelige Art aber nicht. »Entschuldige bitte«, bat er mit seinem berüchtigten Hundeblick und kam zum Sofa, auf dem sie es sich bequem gemacht hatte. Er drückte ihr einen Kuss auf die Wange. »Ich freue mich, dass du noch auf bist.« Mit dieser Feststellung ließ er sich mit einem herzzerreißenden Seufzer in die Kissen fallen. »Wenn du deine Jacke ausziehen würdest, wäre es noch bequemer«, schlug Ira vor. Peter deutete ein Grinsen an, stand auf und entledigte sich seiner Jacke, indem er sie in hohem Bogen über den gegenüberliegenden Sessel warf. »Aber, aber, wir haben doch eine Garderobe!«, tadelte Ira ihn. Allerdings nicht ernst gemeint, denn sie war auch nicht der Inbegriff der Ordentlichkeit. Außerdem sah sie die Niedergeschlagenheit, die Peter ins Gesicht geschrieben stand, da wollte sie nicht so sein. »Wenn Du jetzt noch deine Schuhe ausziehst, kannst du wirklich Feierabend machen«, empfahl sie ihm zuletzt. »Stimmt«, streifte er die Schuhe ab und tastete mit suchender Hand unter dem Tisch herum. »Was suchst du denn jetzt?«, erkundigte sich Ira. »Na, meine Hausschuhe«, nuschelte Peter halb unter dem Tisch hervor. »Schuhe sind an der Garderobe«, schüttelte sie verständnislos den Kopf. »Nein, die gehören hier eingeparkt«, grinste Peter spitzbübisch und zog sie unter dem Tisch vor. Allerdings ging er etwas in Deckung, denn schon klatschte Iras Hand an seine Schulter. »Na, das kann ja was geben. Ich hatte gehofft, dass du mir Ordnung beibringst, wenn du hier wohnst. Anscheinend sind wir beide ziemlich hoffnungslose Fälle«, resignierte sie. »Da können wir es uns wirklich sparen, Gäste einzuladen. Binnen zwei Wochen kommt ja niemand mehr durch die Haustür, geschweige denn ins Wohnzimmer rein, weil alles verbarrikadiert ist mit Krimskrams«, mutmaßte sie. »Na und? Wir beide reichen uns doch völlig, wir brauchen keine anderen Leute«, murmelte Peter und kuschelte sich an Ira. »Ja Opi«, kraulte sie ihm automatisch die Haare und forderte ihn auf: »Jetzt erzähl mir, was passiert ist.«

»Was fällt dir zu dem Namen Goldbauer ein?«, erkundigte er sich prompt bei ihr.

»Goldbauer? Hmmmm. Elvira und Albert. Alte Gmünder Architektenfamilie, steinreich, guter Ruf, viele Großprojekte, wohnen in einer Stadtvilla, super Geschmack, sozial engagiert, sie ist bei den ehrenamtlichen Näherinnen eine große Nummer, zwei Kinder. Ich glaube ein Sohn und eine Tochter«, zählte Ira laut auf, was ihr so auf die Schnelle in den Kopf schoss.

»Du bist wirklich gut!«, staunte Peter. Es zeigte sich wieder einmal, dass Ira dank ihres Berufes über vieles Bescheid wusste. »Gesundes Halbwissen«, wie sie es immer formulierte. Durch die Arbeit beim Stauferboten kannte sie viele Menschen. Was ihm wiederum bei Ermittlungen zu Gute kam. Ira wusste dank ihrer Termine, bei denen sie manches Gespräch führte, oft mehr, als die Polizei bei Befragungen herausbekam. »Jetzt haben sie nicht mehr zwei Kinder, son-

dern nur noch einen Sohn«, stellte er trocken fest.
»Wieso, war die Leiche etwa die Tochter?«, schlussfolgerte Ira, während sie sich kerzengerade aufrichtete. »Ganz recht« setzte sich Peter notgedrungen ebenfalls ordentlich hin. Schließlich hatte Iras Schoß ihm als Kopfunterlage gedient.
»Das ist schlimm. Die Tochter scheint, bessergesagt, schien sehr kompetent zu sein, was mir ihr Vater erzählt hat«, kam Ira ins Grübeln.
»Woher kennst du den Vater?«, blickte sie Peter fragend an.
»Er und seine Gattin feierten vor wenigen Monaten ihre Goldene Hochzeit. Deshalb saß ich bei ihnen im Wohnzimmer und unterhielt mich ziemlich lang mit ihnen. Die Frau macht einen sehr feinen Eindruck und ist mir außerordentlich sympathisch gewesen«, berichtete Ira. »Keine Spur von Arroganz. Auch er war in Ordnung. Wobei er wohl kein Freund der vielen Worte ist. Aber er stellt echt was dar«, beschrieb sie ihm.
»Hast Recht, den Eindruck hatte ich vorhin auch. Ich musste mit Hermann zusammen die Todesnachricht überbringen. Du weißt, wie wir das hassen. Dabei saßen wir auch in diesem Wohnzimmer«, schilderte Peter.
»Was ist passiert bei der Gewandmeisterei?«, wollte Ira nun die ganze Geschichte hören.
»Wieso weißt Du eigentlich, dass die Leiche bei der Gewandmeisterei gefunden wurde?«, wunderte sich Peter, dem plötzlich klar wurde, dass er bei seinem Abgang im Prediger dazu nichts

gesagt hatte. Er hatte lediglich von einer Leiche gesprochen – ohne Ortsangabe. Er war mit einer Journalistin zusammen, das wussten die Kollegen und der Chef auf dem Polizeirevier. Da durfte er nicht so unprofessionell sein und bei einem plötzlichen Einsatz Interna rauslassen. Schließlich wollte man an einem Tatort keine Presse. Das wäre sofort auf Peter zurückgefallen. Deshalb hielt er sich lieber zurück bei den Infos, die er Ira gab. Sie hatte zwar viel Anstand im Leib und würde der Polizei nie im Weg stehen, aber es gab eben auch eine Menge Kollegen. Er wollte nicht, dass sie in eine Zwickmühle geriet. Das berücksichtigte er. Außer, wenn er partout nicht weiter wusste, da er nicht so richtig an Informationen oder Zeugen rankam. Womit Ira wiederum kein Problem hatte. Im leichten, ihr eigenen Plauderton konnte sie so ziemlich alles aus ihrem Gegenüber herausholen. Ob dieser es erzählen wollte – oder nicht. Wenn sie sich erst mal festgebissen hatte, kannte sie kein Pardon. Daher war ihre Berufswahl gerade richtig gewesen.

»Aber Schatz, ich bin doch bei der Zeitung. Natürlich weiß ich es sofort, wenn irgendwo eine Leiche abgelegt wird«, nahm ihn Ira hoch. Bei seinem strengen Blick begann sie allerdings sofort zu erklären, wie auch das Handy von Achim Grill geklingelt hatte – und sie dadurch die schreckliche Nachricht mitbekommen hatte, inklusive Ortsangabe.

»Ja, er tauchte zusammen mit Dr. Braunle an der Gewandmeisterei auf.

Eine Näherin hatte ihn angerufen. Ihr Name war irgendwas mit Fisch«, grübelte Peter.
Ira lachte: »Das kann nur die Zander-Fillt gewesen sein. Der entgeht aber auch gar nichts.«
»Genau, das war der Name«, wunderte sich Peter wieder einmal, wen Ira alles kannte.
»Was ist das für eine? Muss man die ernst nehmen?«, fragte er weiter.
»Also deren Feindin möchte ich nicht sein. Die hat Haare auf den Zähnen. Die ist so etwas wie die Meisterin aller Meister in der Gewandmeisterei. Hat überall ihre Nase drin, verbessert alle und weiß alles besser. Kommt wahrscheinlich als Erste zum Nähen – und geht als Letzte. Ohne die geht gar nichts«, berichtete Ira.
»So hab' ich sie eingeschätzt«, nickte Peter. »Nur leider ist sie als Zeugin unbrauchbar. Sie hat nichts mitbekommen.« Peter gab das Gespräch mit Gabriele Zander-Fillt wieder.
»Schade«, bedauerte Ira. »Wie wurde die junge Goldbauer denn eigentlich umgebracht?«
»Brutal erschlagen. Sie trug ein Brautkleid. Eine Leiche im Brautkleid hab' ich auch noch nicht gesehen«, schauderte es Peter, der nun wieder das Bild der Leiche vor Augen hatte.
»Das war wirklich grausam, hätte eine Szene aus einem Krimi von Elizabeth George sein können. Nur leider bin ich nicht Inspektor Lynley«, bedauerte er. »Und Hermann nicht Sergeant Havers«, grinste Ira. »In einem Brautkleid? Was soll das denn? Ach, jetzt fällt es mir wieder ein. Ihre Mutter hat mir damals freudig von einer bevorstehen-

den Hochzeit erzählt«, erinnerte sie sich. »Wie schrecklich. Da spielen sich ja Dramen ab. Was ist das für eine Welt?«, schüttelte sie den Kopf.
»Das frag' ich mich schon lange nicht mehr«, konterte Peter. Schließlich war er seit vielen Jahren bei der Kriminalpolizei. Und es gab kaum etwas, was er nicht schon auf dem Sektor Mord und Totschlag erlebt hatte. Vor allem zu seiner Stuttgarter Zeit. Kam erschwerend hinzu, dass er geschieden und somit der Ansicht war, dass ihn wirklich gar nichts mehr wundern oder gar schockieren könnte. Schließlich bediente seine Ex-Frau alle Klischees – sie war ein raffiniertes Aas. Immer wieder war er in der Vergangenheit auf sie reingefallen und hatte dadurch seine Beziehung zu Ira nicht nur einmal aufs Spiel gesetzt. Hätten sich nicht Kollege Hermann oder Freund Jim immer wieder für ihn verwendet, hätte ihn Ira bestimmt schon hundertmal mit einem Tritt in den Hintern abserviert.
»Sagtest du vorhin nicht, dass die Leiche abgelegt wurde? Gar kein schlechter Gedanke. Denn ich hab' mich schon gewundert, dass das Brautkleid nicht wegen des Nieselregens völlig durchnässt war. Außerdem meinten die Jungs von der Spurensicherung, dass angesichts der großen Wunde relativ wenig Blut am Tatort war. Wobei, es war dunkel, und der Boden feucht. Morgen wissen wir auf jeden Fall mehr. Dann wird es hoffentlich auch Nachricht von der Gerichtsmedizin in Ulm geben. Vielleicht gibt es DNA-Spuren, Fasern oder Ähnliches. Mal schauen«, sinnierte der

Kommissar, während er sich erneut an Ira kuschelte.
»Ach weißt du, vielleicht hab' ich dir gleich ein Motiv«, kraulte Ira gedankenverloren seine Haare.
»Wieso?«, schaute Peter fragend zu ihr auf.
»Du weißt doch, dass sich momentan alles um das Stadtjubiläum und die Staufersaga dreht. Über 1000 Bürger bringen sich ehrenamtlich ein. Natürlich vor allem die Näherinnen. Mit Sicherheit wird eine von ihnen den Ehrenamtspreis der Stadt erhalten, den die Verwaltung sich als Ansporn und Belohnung ausgedacht hat«, überlegte die Journalistin laut. Auf ihrem Gesicht zeigte sich ein breites Grinsen, während sie den nächsten Satz sagte: »Womöglich zieht die unverzichtbare Gabriele Zander-Fillt ihre Konkurrenz aus dem Verkehr!« Ira konnte die aufdringliche und großmäulige Frau einfach nicht ausstehen. Sie hatte gerade ein Bild vor Augen, wie Zander-Fillt als Furie, blutrünstig, mit einem Messer in der Hand durch die Zimmer in der Gewandmeisterei flitzte und dabei in einen Spiegel, den sie vor sich hielt, rief: »Ich bin die beste, schönste und fleißigste Näherin im ganzen Land.«
Ira schüttelte ihren Kopf, um das Bild zu vertreiben. »Ich glaube, ich schau zu viel fern«, urteilte sie.
»Du spinnst mal wieder«, lachte Peter. »Wegen so eines popligen Ehrenamtspreises bringt man doch keinen um!«
Er hatte mit seinen Kollegen am nächsten Tag eine Menge Arbeit vor sich.

Schließlich mussten alle Näherinnen der Abendschicht gefragt werden, ob sie irgendetwas Verdächtiges gesehen hatten. Nicht zu vergessen die ganzen Anlieger. »Adieu, du schöner Sonntag. Und tschüss, ihr Kartons, die ihr dringend ausgepackt werden wollt«, dachte er an seinen Umzug. Von diesem zeugte manche Kiste, die sich im Hausgang und im Flur noch stapelte.
»Komm', lass uns schlafen gehen. Morgen gibt es eine Menge zu tun«, stand Ira auf und hielt ihm einladend ihre Hand hin. »Kannst du Gedanken lesen? Ich habe gerade dasselbe gedacht«, amüsierte sich Peter, ergriff ihre Hand und stand auf. Als beide bereits im Bett lagen und Iras leise Schnarchtöne an sein Ohr drangen – was sie ihm niemals glauben würde, wenn er es erzählen würde – schlug er nochmals die Augen auf. »So was Verrücktes. Ira kommt immer auf komische Gedanken. Ehrenamtspreis! Pah.« Wieder schloss er die Augen und drehte sich um. »Aber was wäre, wenn Ira gar nicht so falsch lag? Und ihr Witz tödlicher Ernst wäre? Im wahrsten Sinn des Wortes?« Der Kommissar versuchte seine Gedanken abzuschalten. Schließlich brauchte er dringend Schlaf, um am nächsten Tag fit zu sein. Auf acht Uhr war die Besprechung im Revier angesetzt. Sie mussten Teams bilden, um die Befragung der Näherinnen und Anwohner zu organisieren. Aber der Gedanke an Iras aberwitziges Motiv wollte ihn einfach nicht loslassen.

Kapitel 7

»Na, was liegt bei Dir heute an?«, erkundigte sich Peter bei Ira, die ihm gegenüber am Frühstückstisch saß. Man sah der Journalistin an, dass es für sie eindeutig zu früh am Morgen gewesen war, um sich aus dem Bett zu schwingen. Ihre blonden Haare standen wirr in alle Richtungen und sie rührte seit gefühlten zehn Minuten mit dem Löffel in ihrem Kaffeebecher. Ihr Blick fixierte einen Punkt auf der Tischplatte und sie war offensichtlich mit ihren Gedanken meilenweit weg. Er wiederholte seine Frage. »Hä?«, schaute Ira hoch, als seine Stimme doch noch den Weg in ihren Gehörgang gefunden hatte. »Was?«, blickte sie ihn aus ihren blauen Augen leicht verwirrt an. Peter musste lachen. Ohne Schminke sah Ira aus wie ein süßes, unschuldiges Mädchen. Und dann noch diese Haare! Einfach Zucker. Er konnte nicht anders, stand auf und küsste sie liebevoll auf die Wange.
»Womit hab' ich das verdient? Oder soll ich dir mal wieder einen Gefallen tun«, fragte sie ganz offensichtlich wachgeküsst. Denn jetzt blickte sie ihn mit zusammengekniffenen Augen misstrauisch an. Wobei sich leichte Lachfalten bildeten.
»Sag mal, was hältst Du denn von mir? Darf ich nicht mal mehr Küsschen verteilen?«, brummte Peter entrüstet. »Wie kommst Du nur immer darauf, dass ich Hintergedanken habe!«
Ira grinste ihn an und blieb die Antwort nicht schuldig: »Weil ich dich kenne!«
Der Kommissar setzte sich wieder und stellte tod-

ernst fest: »So langsam mach' ich mir Sorgen um Deine Aussteuer.«
»Wieso?«
»Na, Du rührst jetzt seit geschlagenen zehn Minuten in deinem Kaffeepott. Meinst Du nicht, dass es reicht, bevor Du die Keramik durchgerührt hast? Wo bist Du denn mit Deinen Gedanken?«
Ira fuhr sich durch ihre strubbeligen Haare. Mit dem Ergebnis, dass sie immer mehr Ähnlichkeit mit Pumuckl bekam – in blonder Ausführung. »Ich überlege die ganze Zeit, was Herr Goldbauer zu mir gesagt hat, als ich mit ihm und seiner Frau am Tisch saß. Es scheint mir irgendwie wichtig, dass ich mich erinnere – aber ich schaff es einfach nicht.«
»Nun, es wird eine Anekdote aus seinem 50-jährigen Eheleben gewesen sein«, hob Peter desinteressiert die Schultern. »Ich fragte, was bei Dir heute anliegt, Du hast doch einen Termin am Vormittag«, wiederholte er seine Frage nun zum dritten Mal.
»Ich hab' die Einweihung des katholischen Gymnasiums in Mutlangen«, antwortete Ira. Sonst ist eigentlich nicht viel los. »Was bedeutet, dass ich mich heute Nachmittag um meinen Schreibtisch kümmern kann. Es wird Zeit, dass ich mal wieder ausmiste. Aber ich schätze, dass die Einweihung etwas Längeres wird. Du weißt schon, ein Grußwort am anderen. Ist in dem Fall auch verständlich, schließlich werden in der heutigen Zeit eigentlich keine Schulen mehr gebaut – höchstens geschlossen.« Peter schmunzelte.

Er wusste, dass Ira eine Schwäche für die 6700-Seelen-Gemeinde Mutlangen hatte. Er hatte nicht vergessen, wie enthusiastisch Ira ihm vor drei Jahren geschildert hatte, dass der Ort jetzt auch noch ein Gymnasium bekommen würde. Und somit wirklich alle Schularten vorweisen konnte. Sie war von den ersten Planungen über den Spatenstich, die Grundsteinlegung und das Richtfest bis zum heutigen Tag stets dabei gewesen. Selbst über den Einzug der Schüler im Dezember hatte sie berichtet – und war damals begeistert gewesen vom Engagement. Jetzt war es also soweit. »Na, dann wünsch' ich Dir viel Spaß. Ich muss um acht im Revier sein. Wir müssen das Team einteilen, das sich um die Befragung der Näherinnen kümmert«, beschrieb er sein Tagesprogramm.

»Da wünsch ich Dir viel Glück. Es wäre schön, wenn ihr gut vorankommen würdet. Ich kann mir vorstellen, wie die Nachricht über den Mord sich wie ein Lauffeuer in der Stadt verbreitet. Da wird's mächtig Druck geben«, murmelte Ira. Peter winkte gelassen ab. »Das sind wir ja gewöhnt. Aber unsere Aufklärungsquote ist eine der Besten im ganzen Land. Das kriegen wir hin«, war er zuversichtlich. Wobei er sich Sorgen um die Zukunft der Kripo-Außenstelle in Schwäbisch Gmünd machte. Schließlich erlebte das Land wieder einmal eine Polizeireform. Aalen war dabei gestärkt worden, doch in Gmünd sollte lediglich eine Abteilung der Drogenpolizei sein. Da interessierten die guten Aufklärungsquoten nicht mehr, da ging's nur ums Geld, das die Regierung

einsparen wollte. Der Kommissar schaute auf die Uhr. »So, jetzt wird es aber Zeit.« Mit diesen Worten stand er auf. In dem Moment klingelte sein Handy. »Wer stört«, nahm er dieses vom Tisch und ging ran.
»Mein Auto springt nicht an, kannst Du mich abholen?«, meldete sich Kollege Hermann.
»Klar. Ich bin in zehn Minuten bei Dir«, sagte Peter zu und legte auf. »Also, ich muss noch Hermann abholen. Seine Karre hat wieder mal den Geist aufgegeben. Ich zwitschere ab, Dir viel Spaß,« sagte er, beugte sich hinunter zu Ira und küsste sie. »Ich nehme an, dass mich heute Abend ein wundervoller Schweinebraten erwartet, wenn ich nach Hause komme?«, schaute er Ira treuherzig an. »Träum weiter«, schüttelte Ira grinsend den Kopf. »War ein Versuch«, hob er abwehrend die Hände. »Du weißt ja, ein Mann, der schwer arbeitet, muss auch was Ordentliches zum Essen bekommen von seinem Weib!« Ira konterte: »Nur weil Du bei mir eingezogen bist, brauchst Du nicht meinen, dass Du jetzt was zu sagen hast. Geh' lieber in Dein Revier, vielleicht hast Du da mehr Chancen den Autoritären raushängen zu lassen!«
Peter schaute gespielt streng: »Muss ich Dich etwa an Deine Pflichten als liebendes Weib erinnern?«
»Hau bloß ab!«, war alles, was er von Ira hörte. »Ich liebe Dich auch«, brummte er, winkte ihr zum Gruß und trollte sich in Richtung Wohnungstür. »Aber echt, Du könntest Dir schon mehr Mühe geben, mich zu verwöhnen«, rief er in ihre Rich-

tung – weil er sich in sicherer Entfernung wähnte. Als Antwort klatschte Iras rosafarbener Plüschhausschuh in Form eines Bärenkopfs haarscharf neben ihm mit einem leisen »Blobb« an die Tür. »Ich hab' verstanden«, lachte er und verließ die Wohnung.
Ira stand auf, schlurfte in den Gang und zog ihren Hausschuh wieder an. »Was hat Herr Goldbauer nur gesagt?«, grübelte sie weiter und fuhr sich durch die Haare. »Egal, es wird mir wieder einfallen. Jetzt muss ich erst mal duschen.« Sie lief ins Bad, entledigte sich ihres Schlafanzugs und stieg unter die Dusche.

Währenddessen versuchte Albert Goldbauer krampfhaft ein Gespräch mit seiner Gattin zu führen. Sie saß ihm gegenüber und starrte ins Leere. Beide hatten in dieser Nacht keinen Schlaf gefunden. Schließlich hatte er einen Kaffee aufgesetzt und seine Frau zum Frühstück aufgefordert. »Warum weint sie nicht?«, fragte er sich und blickte in ihr Gesicht, das an eine Maske erinnerte. Das Klingeln an der Haustür riss ihn aus seinen Gedanken. »Da kommt Wolfgang«, war er sich sicher, dass der Sohn vor der Tür stand. Er hatte ihn vor einer halben Stunde aus dem Bett geklingelt und ihn über den Tod seiner Schwester informiert. Elvira Goldbauer schien die Türklingel gar nicht wahrzunehmen. Sie starrte ohne Regung immer noch vor sich hin. »Ich mache auf.« Der Senior erhob sich schwerfällig. Vor kurzem noch voller Elan, schien er über Nacht zum Greis geworden zu sein.

Unter seinen Augen lagen leichte Tränensäcke, er war blass und sein Gesicht wirkte eingefallen. Er öffnete die Tür und es stand tatsächlich sein Sohn davor. Dieser schaute ihn mit einem fragenden Blick an. »Das ist nicht wahr, das kann doch nicht wahr sein, oder?«
»Doch« erwiderte sein Vater und schloss die Tür, als Wolfgang in den Flur getreten war. Goldbauer Junior ging weiter ins Esszimmer, sah seine Mutter regungslos am Tisch sitzen, ging zu ihr hin und schloss von hinten seine Arme um ihren Oberkörper. Er fühlte ihre Spannung. Sie sagte nichts.
»Mama, es tut mir so leid«, flüsterte er ihr ins Ohr. Immer noch sagte sie nichts. Ihre Hände ruhten aufeinandergelegt auf dem Tisch. Der Vater war seinem Sohn gefolgt und spürte die Spannung. »Willst Du auch einen Kaffee?«, erkundigte er sich. Etwas Besseres fiel ihm nicht ein, um die Konversation zu starten.
»Ja, gern, Papa«, nickte Wolfgang und setzte sich neben seine Mutter. Dabei legte er eine Hand auf ihre Hände. Sie schien diese Geste nicht einmal zur Kenntnis zu nehmen. Hilflos suchte er den Blick seines Vaters. Der verstand ihn ohne Worte, zuckte aber mit den Schultern. Dabei rannen ihm Tränen aus den Augen.
Er weinte still vor sich hin, als er seinem Sohn die Tasse mit Kaffee füllte. »Ich habe Vater noch nie weinen sehen«, schoss es Wolfgang in den Kopf. Wieder blickte er zu seiner Mutter. Sie saß kerzengerade auf dem Stuhl und hatte große Ähnlichkeit mit einer Madonna.

Die, die man so oft in den Kirchen sah, deren Augen glanzlos und leer von ihrem Sockel an der Wand auf den Betrachter herabblickten. Er war geschockt. Er hatte damit gerechnet, seine Mutter hemmungslos weinend auf dem Sofa anzutreffen. Denn eigentlich war sie sehr nah am Wasser gebaut. Er hatte sich bei der Herfahrt ausgemalt, wie er sie in die Arme nehmen und trösten würde. Aber so hatte er das Gefühl, ein kalter Stein säße neben ihm. Die Kaffeetasse, die vor ihr stand, war unberührt.
»Weiß Frank Bescheid? Wo ist er eigentlich gerade?«, erkundigte sich Wolfgang bei seinem Vater.
»Oh Gott, den hab' ich ja völlig vergessen!«, fasste sich Albert Goldbauer fassungslos an die Wange. »Er ist in Baden Baden und soll, glaube ich, heute Abend wiederkommen. Das hat zumindest Carmen gesagt.« Zu Beginn seiner Ausführungen zum Schwiegersohn in spe hatte der Vater noch sehr gefasst gewirkt. Doch als ihm der Name seiner toten Tochter über die Lippen kam, zuckte sein Gesicht und seine Stimme erstarb. Erneut schossen dem Vater die Tränen in die Augen. »Warum nur?«, schluchzte er leise mit tränenerstickter Stimme. Seine Gattin blickte ihn nur stumm an – um ihren Blick dann wieder ins Leere abzuwenden.
»Ich ruf' ihn an. Hast Du mir seine Nummer?«, erbot sich Wolfgang. »Wir müssen es ihm schließlich sagen. Das mach' ich am besten gleich«, ging er, bereits das Handy in der Hand, zu seinem Vater. Dieser nickte und schaute ihn dankbar an. »Die Nummer ist auf meinem Schreibtisch im

Adressbuch«, zeigte er hinüber zu dem angrenzenden Raum. Wolfgang nickte und ging ins Arbeitszimmer.
»Liebling, warum sagst Du nichts?«, blickte Albert Goldbauer seine Frau an. »Geht's Dir auch wirklich gut? Soll ich den Arzt rufen?«
»Ich habe nichts zu sagen«, schüttelte die Angesprochene den Kopf und stand langsam auf. Sie öffnete die Terrassentür und ging in den Garten. Die kalte Luft, die ihr entgegenschlug, schien sie nicht zu merken. Wie eine Traumwandlerin ging sie die Stufen hinab und blieb vor einem Rosenbusch stehen. Dieser blühte im Sommer sehr üppig und war ihr ganzer Stolz. Jetzt, im Winter, präsentierte er sich mit seinen dürren, blattlosen Ästen von seiner ödesten Seite. »Du wirst wieder aufblühen, mein Kind nicht«, fuhr Elvira Goldbauer die Pflanze hasserfüllt an.

Nachdem Peter seinen Kollegen Hermann in Herlikofen aufgegabelt hatte, fuhren sie zum Revier. »Bin ja mal gespannt, ob der Gerichtsmediziner bereits was geliefert hat. Wir haben keinerlei Anhaltspunkte. Ich habe das dumpfe Gefühl, dass die Befragung der Näherinnen nicht allzu viel ergeben wird. Außer, dass die Kollegen eine Menge hysterischer Frauen kennenlernen«, mutmaßte Hermann. »Mal sehen«, brummelte Peter, während er in die Einfahrt des Reviers einfuhr. »Der Chef ist schon da. Gut, dann können wir gleich loslegen«, schaute er auf das Auto, das ganz vorne in der Reihe geparkt hatte. »An die Arbeit«,

nickte Hermann, löste den Sicherheitsgurt und stieg elanvoll aus dem Auto. Peter ließ sich Zeit. Sein schmerzendes Knie erinnerte ihn an seinen Stolperer mit dem Umzugskarton. »Komm, alter Mann, wir haben nicht den ganzen Tag Zeit«, hatte Hermann beobachtet, wie ungelenk Peter aus dem Auto gestiegen war. »Blödmann«, antwortete Peter. Grinsend schob der Kollege nach: »Ira ist einfach zu jung für Dich. Du weißt ja, wenn es hinten weh tut, musst Du vorne nachlassen.« Der Kommissar blickte seinen um einiges kleineren Kollegen sauer an. »Bist Du fertig mit Deinen Binsenweisheiten, dass wir mit der Arbeit anfangen können?« Mit diesen Worten knallte Peter die Autotür zu. »Yes, Sir«, salutierte Hermann mit einem unverschämten Grinsen. »Wenn ich für Dich einspringen soll, lass' es mich wissen. Ira ist ja ein süßer Happen«, legte er aber noch nach - und setzte zum Sprint in Richtung Personaleingang an. Peter wollte hinterher - aber sein Knie machte ihm einen Strich durch die Rechnung. »Aua«, rieb er sich dieses und ging gemäßigten Schrittes zum Gebäude, in dem Hermann bereits verschwunden war. »Scheiß Karton«, fluchte er, während er die Personaltür öffnete.
Bei seinem Stolperer im Flur war er tags zuvor direkt auf der rechten Kniescheibe gelandet. Und das rächte sich jetzt spürbar. Das Knie war über Nacht sogar leicht angeschwollen.

Kapitel 8

»Also, Schneider, Warnek, Reimer und Brütter gehen in den Unipark. In der Gewandmeisterei wird auch sonntags genäht. Da könnt ihr Erkundigungen einholen. Brand und Wöllnert bleiben an der Familie der Ermordeten dran. Schrödert und Brauning kümmern sich ebenfalls um die Gewandmeisterei. Mehr Personal kann ich nicht aufbringen. Ergebnisse immer gleich direkt an mich durchgeben – zudem Wichtiges auch an Brand und Wöllnert. Wir müssen schnell sein, in der Stadt wird es bald nur noch dieses Thema geben. Ihr wisst, die Familie ist hoch angesehen. Also, legt los!« Hermann Strohmüller hatte sich mit seinen Mitarbeitern im Revier intensiv unterhalten. Peter und Hermann hatten das Auffinden der Leiche und die Umstände beschrieben, soweit sie bekannt waren. Jetzt begann die Ermittlungsarbeit – und es gab nur dürftige Informationen.
»Hat sich der Gerichtsmediziner gemeldet?«, wollte Peter Brand noch wissen. »Leider nein. Ich sag Bescheid, sobald es Ergebnisse gibt«, bedauerte sein Chef.
»Also, gut, machen wir uns an die Arbeit«, nickte Peter ihm zu. »Jau«, antwortete dieser. Alle Kollegen verließen den Besprechungsraum. »Brand, nochmal zurückkommen«, rief Strohmüller von seinem Schreibtisch aus in Richtung Tür. Peter ging zwei Schritte zurück und streckte seinen Kopf durch die Tür. »Ja?«
»Frag mal dein Mädel, ob sie irgendwas gehört

hat. Die hat ja ihre Ohren überall«, forderte Strohmüller Peter auf. Er wusste, dass der Kommissar mit einer Journalistin liiert war. Und er kannte sie auch persönlich. Ihm war klar, dass sie durchaus manchen wertvollen Tipp geben könnte.

»Wir haben bislang nichts in der Hand und müssen nach jedem Strohhalm greifen«, argumentierte der Chef. »Alles klar«, nickte Peter, zog sich zurück und folgte den Kollegen auf den Flur.

»Wenn einer schnelle Ergebnisse bringt, dann Brand«, überlegte Strohmüller. Er kannte die Biografie des Kollegen, der einst aus Stuttgart nach Schwäbisch Gmünd »strafversetzt« worden war, weil er ein Problem mit der Obrigkeit gehabt hatte. Er selbst konnte als Chef nichts Schlechtes über Brand sagen. Der war hochgradig engagiert und kombinierte gut. Er hatte eine gute Spürnase und ließ sich nicht so schnell ins Bockshorn jagen. Zusammen mit Hermann Wöllnert bildete er ein schlagkräftiges Team. Und, dass sich Peter beim letzten Fall mit seinem Vorgänger angelegt hatte, der, was sich dann herausgestellt hatte, sich von der »guten Gesellschaft« hatte täuschen lassen, brachte ihm aus Strohmüllers Sicht nur weitere Pluspunkte ein. Sein Vorgänger hatte in letzter Konsequenz gehen müssen, Peter wurde rehabilitiert und brachte einen skrupellosen Mörder hinter Gitter. Und dieser stammte aus der »feinen Gesellschaft«. Das war ganz nach dem Geschmack von Hermann Strohmüller.

Peter Brand war ein Mann, der seinen eigenen Kopf hatte. Einen untrüglichen Instinkt besaß, ihm gegenüber absolut loyal war und sich dennoch durchsetzen konnte. Strohmüller hielt große Stücke auf ihn. Er wusste den Fall mit der Architektentochter bei ihm in guten Händen. Wöllnert war quasi sein Zwilling, der sich ebenfalls nie darum scherte, was andere für eine Meinung hatten. Auch er machte sein eigenes Ding. »Das perfekte Paar. Dazu noch eine Journalistin, die das Lokalkolorit kennt und nicht auf den Kopf gefallen ist. Was will man mehr?« Zufrieden griff Strohmüller zum Telefon, um zu erfahren, ob sich die Gerichtsmediziner in Ulm nun endlich an die Arbeit gemacht hatten.
Peter schaute auf die Uhr. »Jetzt ist es kurz nach zehn Uhr. Ich denke, wir können gleich zu den Goldbauers, was meinst Du?« Als Antwort nickte Hermann. »Ich bin froh, dass Strohmüller jetzt Chef ist. Mit dem komm' ich klar«, dachte Peter laut nach. Hermann grinste. »Hast Recht. Aber eigentlich ist es ja egal, wer unter uns Chef ist.« Sein Kollege hob die Augenbrauen hoch. »Also wissen Sie, Kollege. Redet man so?!« Hermann zog die Schultern hoch. »Hab' ich von Ira gelernt.« Peter lachte kurz auf – wurde aber schnell wieder ernst. »Lass uns fahren, wir müssen einen Mörder zur Strecke bringen.«

Ira staunte nicht schlecht, als sie das Forum in Mutlangen betrat. Es wimmelte von Leuten. Die Einweihung des Gymnasiums wurde in der einstigen Gemeindehalle gefeiert, die nun, nach kompletter Sanierung und Erweiterung, zur Kulturhalle umgebaut und Forum getauft worden war. Vertreter der Stadt konnte sie auf die Schnelle nicht ausmachen. Hätte sie allerdings auch gewundert, schließlich stand das neue Gymnasium in direkter Konkurrenz zu den drei städtischen Gymnasien. Dafür gab es unter den Einweihungsgästen jede Menge Kirchenvertreter. War ja klar, schließlich handelte es sich um eine katholische Schule. Zudem waren die Gemeinderäte, Architekten und Eltern da, deren Kinder das Gymnasium besuchten. Ira sah hie und da ein bekanntes Gesicht, grüßte und begnügte sich schließlich mit einem Stehplatz. Die vielen Stuhlreihen waren alle besetzt. Außerdem hörte sie vorn, am Türrahmen lehnend, besser, was die Grußwortredner sprachen. Und wenn es dann noch darum ging, ein Bild von den Aufführungen auf der Bühne zu machen, war sie auch schnell zur Stelle. Also ein perfekter Platz für die Journalistin.

»Pass auf, dass Du nachher die Lieder in der richtigen Reihenfolge abspielst«, gab ein Lehrer seinem Schüler am Technikpult der Bühne neben Ira gerade letzte Anweisungen. »Und das Käpt'n Blaubär-Lied bitte erst abspielen, wenn dieser auf der Bühne erscheint. Die Reihenfolge muss dann natürlich auch stimmen«, warnte der Pädagoge. Der Schüler nickte. »Alles klar, das krieg ich hin«, beruhigte er seinen sichtlich aufgeregten Lehrer.

»Bin ja mal gespannt, wie es nun im Büro weitergeht. Das mit der Übergabe hat sich ja erledigt«, schnappte Ira ein paar Worte hinter sich auf. Sie blickte sich um, erkannte einen davon als Architekten und drehte sich wieder zurück. »Hallo« – jemand tippe ihr auf die Schulter. Sie drehte sich erneut um und sah in das Gesicht von Dennis Haderig. Er war der Vorstandssprecher ihrer Hausbank. »Guten Morgen, schön Sie zu sehen«, lächelte Ira ihn an. Direkt hinter ihm stand seine Gattin, die Ira ebenfalls die Hand zum Gruß hinstreckte. »Ira, war ja klar, dass Du den Termin machst«, schob sich der Feuerwehrkommandant von Mutlangen Roland Wogenbrauch zu Ira vor. Es blieb ihm auch nichts anderes übrig, denn der Gang entlang der Stühle wurde immer voller mit Besuchern. Er grinste sie breit an. Schließlich wusste er um Iras Vorliebe für die Gemeinde. »Selbstverständlich bin ich an einem so großen Tag da«, nickte ihm Ira strahlend zu. Das Forum war mittlerweile brechend voll, und das Programm begann. Die Journalistin zückte Block und Stift und legte los mit Schreiben – was sie auch die nächsten zwei Stunden tat. Sehr zum Leidwesen ihrer Füße, die sie am Abend, wegen des langen Stehens auf einem Fleck, würde wegwerfen können.

Peter klingelte an der Haustür. Es dauerte geraume Zeit, bis sie von Albert Goldbauer geöffnet wurde. Der schaute von Peter zu Hermann, der neben ihm stand.
»Kommen Sie bitte herein«, forderte er beide auf.

Hinter ihm im Flur stand sein Sohn Wolfgang, der den beiden Kommissaren wortlos die Hand entgegenstreckte. »Vater, ich hab' ihn erreicht. Er fährt sofort los«, sagte er. »Gut«, nickte Albert Goldbauer. Er stand mit den Polizisten und seinem Sohn etwas unschlüssig im Gang. Als schien er sich selbst einen Ruck zu geben, fragte er in die Stille hinein: »Gibt es etwas Neues?« Peter und Hermann musterten Wolfgang. Der griff die Blicke auf: »Oh, Entschuldigung, ich habe mich gar nicht vorgestellt. Ich bin der Sohn, Wolfgang Goldbauer.«

Peter nickte ihm zu und wünschte sein Beileid.

»Gehen wir doch ins Wohnzimmer«, forderte Albert Goldbauer auf. Gemeinsam betraten sie das Zimmer. »Wie geht es Ihrer Frau?«, erkundigte sich Peter.

»Sie ist im Garten. Ich weiß nicht, wie ich ihr helfen kann. Einen Arzt will sie nicht. Sie spricht nicht, isst nicht, trinkt nicht und starrt nur vor sich hin«, stieß der hörbar verzweifelte Vater des Opfers hervor.

»So eine Nachricht nimmt jeder auf seine Art auf. Lassen Sie sie einfach«, versuchte Peter ihn zu beruhigen. Er fand es erschütternd, dass ein so stattlicher Mann wie Albert Goldbauer so hilflos wirken konnte. Er tat ihm von Herzen leid. Sein Sohn Wolfgang legte kurzerhand seinen Arm um ihn. »Ich kann es auch nicht glauben. Wer macht so etwas?«, blickte er die Polizisten vorwurfsvoll an. »Ich war gestern beim Weintreff und bin spät nach Hause gekommen. Mein Vater hat es mir

erst heute Morgen mitgeteilt, schüttelte er fassungslos den Kopf.
»Er trauert, versucht aber stark zu bleiben für seine Eltern«, registrierte Peter im Kopf. Vor solchen Menschen hatte er Hochachtung. Laut erkundigte er sich, ob Carmen Goldbauer Menschen um sich hatte, die sie offensichtlich hassten. Dies verneinten beide Gefragten mit Nachdruck. »Aber einer muss es ja getan haben - oder?«, meldete sich Frau Goldbauer hinter ihnen. Sie hatte unbemerkt das Wohnzimmer über die Terrassentür betreten.
»Da haben Sie recht«, nickte Peter. Derweil musterte Hermann die Frau und war erschrocken, wie hart sie wirkte. Ihr Gesicht ähnelte einer Maske. Die Augenringe waren ein Indiz dafür, dass sie in der vergangenen Nacht keinen Schlaf gefunden hatte. Aber ihre Augen strahlten eine unglaubliche Energie aus. »Sie brauchen bei uns den Mörder nicht zu suchen«, machte sie klar, dass sie den Besuch der beiden Polizisten nicht verstand.
»Wir benötigen noch ein paar Angaben, schließlich müssen wir uns ein Bild von ihrer Tochter machen. Wir wollen möglichst schnell denjenigen finden, der sie umgebracht hat. Das verstehen Sie sicher?«, argumentierte Peter. »Mit wem war sie zusammen? Wer waren ihre Freunde? Was für einen Beruf übte sie aus?«
»Sie war sehr beliebt in der Stadt, arbeitete in meinem Architekturbüro und ist verlobt«, antwortete Herr Goldbauer schnell. Als würde er so die Ermittlungen beschleunigen.
»Mit wem war sie verlobt?«, hakte Hermann

Wöllnert nach. »Mit Frank. Frank Heidenreich. Er ist nicht aus Gmünd«, sagte Wolfgang Goldbauer. »Er hat ein Architekturbüro in Baden-Baden, will dieses aber auflösen«, schob er nach. Er sei gerade auf dem Weg nach Gmünd, er habe ihn selbst angerufen, informierte er. Peter nickte dankend und machte sich Notizen in seinem Miniblock. Das Gespräch war in Fahrt gekommen und Frau Goldbauer hatte sich zu den Männern gesellt, die um den Tisch herum saßen. So erfuhren Peter und Hermann den Werdegang von Carmen Goldbauer, die anscheinend wirklich eine sehr hilfsbereite und engagierte Person gewesen war. Nicht nur, wenn es um das Nähen der Kostüme in der Gewandmeisterei fürs Stauferjubiläum ging. Weit und breit kein Feind in Sicht. Dies bestätigten auch später die Polizeikollegen, die das Team in der Gewandmeisterei befragt hatten. Gerade als die beiden Kommissare gehen wollten, klingelte Peters Handy. Sein Chef war dran und berichtete von den Untersuchungen des Gerichtsmediziners. Das Opfer war wohl mit einem Stein von hinten erschlagen worden. »Alles klar«, wollte Peter wieder auflegen. »Halt, es gibt noch mehr: es wurden viele Katzenhaare an ihrem Kleid, auf ihrer Haut und in der Wunde gefunden. Und sie wurde wohl zwischen 17 und 19 Uhr ermordet«, informierte Strohmüller.
»Außerdem gibt es noch eine schlechte Nachricht: Sie war nicht die einzige, die ihr Leben verlor. Sie war im dritten Monat schwanger.« Mit diesen Worten legte der Chef auf. Peter musste hart

schlucken. Direkt ihm gegenüber saß Frau Goldbauer und fixierte ihn. Neben ihr saß ihr Gatte, der ihn mit tieftraurigem Blick anschaute.
»Das kann ich ihnen jetzt nicht sagen. Verdammt, das krieg' ich einfach nicht hin«, überlegte er. Damit die beiden endlich aufhörten, ihn so ins Visier zu nehmen, stellte er einfach die erste Frage, die ihm in den Kopf kam: »Kennen Sie jemanden, der Katzen hat?«
Hermann blickte ihn verdutzt von der Seite an. »Was für eine seltsame Frage«, wunderte er sich. Zudem war ihm das leichte Schwächeln in Peters Stimme nicht entgangen. Am Telefon musste wohl der Chef mit Neuigkeiten aus der Gerichtsmedizin gewesen sein – inklusive einer schlimmen Nachricht. Denn im Grund war Peter ein harter Brocken. Aber offensichtlich hatte ihn irgendwas schwer getroffen, überlegte Hermann. Schließlich kannte er seinen Kollegen seit Jahren.
»Katzen? Nein, ich kenne niemanden, der eine Katze hat. Wieso?«, fand Herr Goldbauer seine Sprache wieder. »In der Wunde am Kopf ihrer Tochter und an ihrer Kleidung wurden jede Menge Katzenhaare gefunden«, erläuterte der Kommissar. »Ich hasse Katzen«, ließ Frau Goldbauer verlauten. »Und ich bin gegen sie allergisch«, stellte der Sohn angewidert fest.
»Gut, das wäre es von unserer Seite aus. Wir melden uns wieder. Danke für ihre Auskünfte. Ach ja, Herr Goldbauer, wir werden morgen zu Ihnen ins Büro kommen, um ihre Angestellten zu befragen«, kündigte Peter an und stand gleichzeitig mit Her-

mann auf. »In Ordnung«, nickte Herr Goldbauer und geleitete sie zur Haustür. »Frau Zander-Fillt hat mehrere Katzen«, murmelte plötzlich Elvira Goldbauer vor sich hin. »Bitte?«, drehte sich Peter zu ihr um. »Ich sagte, dass Frau Zander-Fillt viele Katzen hat. Aber sie hat mit Carmens Tod bestimmt nichts zu tun. Sie ist viel zu sehr mit sich selbst beschäftigt, um andere überhaupt wahrzunehmen«, stellte sie fest. Ihr verächtlicher Tonfall bei dieser Feststellung war nicht zu überhören.
»Na, die beiden können sich wohl besonders gut leiden«, dachte Hermann bei sich. Die beiden Kommissare verabschiedeten sich und verließen die Stadtvilla. Stumm gingen sie nebeneinander her zum Auto. Peter schloss auf, sie setzten sich hinein. Immer noch Stille. »Was hat der Chef gesagt?«, erkundigte sich Hermann. »Sie wurde mit einem Stein erschlagen, in ihrer Wunde waren Katzenhaare und auch ihr Brautkleid war damit übersät«, antwortete Peter. »Und was war noch, das Dich so schlucken ließ?« »Sie war schwanger. Die Goldbauers haben nicht nur ihre Tochter, sondern auch ihr künftiges Enkelkind verloren«, schluckte Peter schon wieder. Betroffen sah ihn Hermann an. »Und das wolltest Du nicht sagen?«
»Ich hab's einfach nicht auf die Reihe gekriegt, bin halt ein Waschlappen. Was will man machen«, mimte Peter plötzlich den Lässigen. Hermann kannte seinen Kollegen sehr gut. Immer, wenn in irgendeinem Fall ein Kind involviert war, ging ihm das an die Nieren. Bei Schwerverbrechern konnte er durch und durch hart sein. Gnadenlos.

Doch wenn es um Kinder ging, wurde Peter sensibel. Selbst ein ungeborenes Kind war eben ein Kind. Vielleicht war Peter so empfindlich, weil ihm selbst nie Nachwuchs vergönnt gewesen war? Der Kommissar kam an keinem Schulhof vorbei, auf dem Jungs einen Ball kickten, ohne selbst mitzuspielen. »Werbung für die Polizei machen«, nannte er das. Aber es war nie zu übersehen, was für einen guten Draht Peter in null Komma nichts zu Kindern aufbauen konnte.
Hermann wollte schnell das Thema wechseln. Er schlug vor, eine Kaffeepause zu machen. »Gute Idee, machen wir«, nickte sein Kollege und startete den Wagen. »Und danach fahren wir noch zur Gewandmeisterei, um Frau Zander-Fillt auf den Zahn zu fühlen. Die anderen übernehmen ja die Kollegen. Aber unsere Katzenfreundin knöpfen wir uns selbst vor.«

Kapitel 9

»Einfach klasse, wie die Kinder sich einsetzen. Scheint, als gingen sie wirklich gern in diese Schule«, dachte sich Ira beim Anblick der Kinder auf der Bühne des Forums. Voller Inbrunst sangen und tanzten die Mädchen und Jungs. Auch die Schlüsselübergabe nach sechs ausgedehnten Grußworten war erfreulich, denn der Architekt hielt sich kurz und drückte nach wenigen Worten dem Schuldirektor einen Schlüssel aus Hefeteig in die Hand.
»So geht's auch, muss ja nicht jeder zehn Minuten reden«, war die Journalistin zufrieden. Der Blick auf die Hallenuhr zeigte ihr, dass trotzdem schon zwei Stunden vorüber waren. Die Einweihung neigte sich ihrem Ende zu. Ira machte noch ein Foto und verließ das Forum.
Die Sonnenstrahlen kitzelten sie auf der Nase. Es war ein herrlicher Tag mit strahlend blauem Himmel. »Die Ermordete kann diesen Frühlingsbeginn nicht mehr miterleben«, dachte sie traurig. Warum musste es überhaupt Mörder geben? Sie versuchte, diesen Gedanken abzuschütteln und ging zu ihrem Auto. »Peter und die Jungs werden den Täter schon zur Strecke bringen«, tröstete sie sich und stieg ein.

»Haben Sie gestern am Nachmittag oder frühen Abend irgendein verdächtiges Fahrzeug oder eine Person hier gesehen. Ist Ihnen irgendetwas aufgefallen?«, Die Kollegen von Peter und Hermann stellten in einem Nebenraum der Gewand-

meisterei immer und immer wieder dieselben Fragen an die vielen Näherinnen. Ohne Ergebnis. Niemand hatte etwas Verdächtiges gesehen. Die Polizisten erfuhren nichts, was sie nicht bereits wussten. Etwa, dass die Ermordete kurz vor ihrer Hochzeit gestanden hatte, aus gutem Haus stammte und die Freundlichkeit in Person gewesen war. Es herrschte große Betroffenheit unter den Frauen, alle hatten Carmen Goldbauer anscheinend gemocht. Vor allem die Tatsache, dass sie in ihrem Brautkleid aufgefunden worden war, löste Empörung aus. »Das ist doch einfach schrecklich!« oder »Was ist das nur für eine Welt?« war immer wieder zu hören. Doch etwas Brauchbares für die Ermittlungen gab es nicht. Gerade, als die Polizisten einsahen, dass sie hier nicht weiterkommen würden, trafen Peter und Hermann ein. Sie ließen sich berichten, dass es nichts zu berichten gab.
»Wo ist Frau Zander-Fillt?«, erkundigte sich Peter. »Die ist heute noch nicht aufgetaucht«, stellte ein Kollege fest. Als hätte sie auf ihr Stichwort gewartet, öffnete in diesem Moment besagte Dame die Tür und betrat den Gang. Peter drehte sich um. »Wenn man vom Teufel spricht …«, schoss es ihm in den Kopf. Laut sagte er: »Guten Tag, Frau Zander-Fillt, kommen Sie doch bitte gleich in diesen Raum.« Dabei machte er eine einladende Bewegung in das Zimmer auf der rechten Seite des Flurs, in dem die Stoffballen aus Leinen sich bis unter die Decke stapelten.
Es war von den Kollegen kurzerhand in ein pro-

visorisches Besprechungszimmer umfunktioniert worden.
»Ich komme gleich, muss nur noch den Mädels Anweisung geben. Wir müssen jetzt schnell machen, damit die Hemden für die Ritter fertig werden«, ignorierte die Angesprochene Peters Handbewegung samt Aufforderung und rauschte ins große Nähzimmer. Peter und Hermann schauten sich verblüfft an. »Red' ich heute undeutlich?«, fragte Peter eher rhetorisch und flitzte hinter der Frau her.
»Ich sagte, wir unterhalten uns jetzt«, forderte er sie erneut, diesmal jedoch hörbar barsch, auf, ihm zu folgen. »Ich sagte doch, dass ich gleich komme! Etwas Geduld!«, konterte Zander-Fillt und sah ihn verständnislos an. Sie drehte sich wieder um und begann tatsächlich, Anweisungen zu geben. Die Frauen schienen ihr hörig zu sein. Brav standen diese in Reih' und Glied und lauschten aufmerksam. »Und wegen der kaputten Neonröhre in der Ecke hab' ich Paul Sautz Bescheid gegeben. Er will später vorbeikommen - oder einen Mitarbeiter vorbeischicken. Dann können wir auch wieder ohne Flackerlicht nähen. Ich bleib' auf jeden Fall da, um die Tür aufzumachen.«
»Ich glaub', ich spinne«, riss Peter der Geduldsfaden. »Sie kommen jetzt sofort mit«, stellte er sich vor die resolute Dame und versuchte in seinen Blick so viel Autorität zu legen, wie er aufbringen konnte. Es genügte. »Also wissen Sie!«, schüttelte Frau Zander-Fillt zwar den Kopf, drehte sich aber doch um und ging in das ihr zugewiesene Zim-

mer. Peter hörte ein Wispern hinter sich von den Näherinnen »Na, der traut sich was …«.
Schnaubend kam die Dame im Lagerraum an.
»Sie behandeln mich wie eine Verbrecherin. Was glauben Sie eigentlich? Ich bin eine ehrbare Person!«, warf sie Kommissar Brand an den Kopf, während dieser die Tür hinter sich schloss. »Wir ermitteln hier in einem Mordfall, da ist mir ihr Einsatz als Näherin ehrlich gesagt völlig schnurz«, ließ er seinem Ärger freien Lauf.
»Das ist doch einfach unglaublich. Ich werde dem Oberbürgermeister von Ihrem ungebührlichen Benehmen berichten. Das hat Konsequenzen!«, drohte ihm Zander-Fillt und fuchtelte auch noch mit erhobenem Zeigefinger vor seiner Nase herum. »Und Sie hören gefälligst mit diesem Grinsen auf«, drehte sie sich um und zeigte mit dem Finger auf Hermann. »Ich zittere jetzt bereits vor Angst«, konterte Peter. Und fragte sich plötzlich, warum ihm ihre Augen irgendwie bekannt vorkamen. Dieser Blick erinnerte ihn an jemanden. Aber an wen? Hermann grinste noch breiter. »Die erinnert mich an eine alte Haushälterin, die ein strenges Regiment führt«, überlegte er. Mit völlig ausdrucksloser Mine forderte er sie auf: »Nehmen Sie Platz.«
Damit Peters rote Gesichtsfarbe sich wieder normalisieren konnte, übernahm Hermann erst einmal die Regie. Ihm war klar, dass man dieser Frau mit Härte kaum beikam. Sie war viel zu sehr von sich überzeugt. Eine Auseinandersetzung kostete lediglich Zeit und Nerven. Beides hatten die

Polizisten nicht im Übermaß. Schließlich wollten sie schnell dem Mörder auf die Schliche kommen und sich nicht mit einer alten, resoluten Schachtel aufhalten.
»Wann kamen sie gestern zurück zur Gewandmeisterei«, legte Hermann los.
»Na, gegen halb elf. Hab' ich doch bereits gesagt. Ich hatte was vergessen«, erwiderte Zander-Fillt unwirsch. Dabei wogte ihr großer Busen auf und ab.
»Wann haben Sie Carmen Goldbauer zuletzt gesehen?«, fragte Hermann weiter.
»Das muss vorgestern gewesen sein. Da hat sie sich Stoffe abgeholt. Ich hab' der Prinzessin aber nur kurze Anweisung gegeben, wie sie es zu nähen hat«, sagte die Frau, während sie sich ungeduldig eine Haarsträhne aus dem Gesicht wischte.
»Aha, sie nennt sie Prinzessin. Das lässt ja tief blicken, wie das Verhältnis zwischen den beiden war«, überlegte Peter, der im Hintergrund stand. Er sah Hermann an – der dachte das Gleiche. Doch er ging nicht darauf ein. Schließlich hatte er bemerkt, dass die Frau durchaus auskunftsfreudig war und den Groll gegen die Polizisten jetzt wohl heruntergeschluckt hatte.
»Carmen Goldbauer war nach dem, was meine Kollegen in Erfahrung gebracht haben, sehr beliebt«, stellte Hermann mit lauerndem Blick fest. Treffer. Bei Frau Zander-Fillt schienen sich die Schleusen zu öffnen. Sie schnaubte erneut und warf ihren Kopf in den Nacken. »Was heißt hier beliebt? Sie war ihrer eigenen Ansicht nach was

ganz Besonderes. Schließlich war Sie die Tochter von Elvira Goldbauer. Sie erwartete stets, dass man vor ihr den roten Teppich auslegte. Da war sie bei mir natürlich an der falschen Adresse. Sonderbehandlungen gibt's nicht. Hier muss jeder dasgleiche arbeiten. Egal, welchen Stammbaum er hat.«

»Ich dachte, dass es sich hier um Ehrenamtliche handelt, das hört sich für mich aber eher nach straffer Organisation in einem Arbeitslager an«, meldete sich Peter zu Wort. »Ich weiß, wie man mit Menschen umgeht. Klare Anweisung ist immer das Beste, wenn man ein großes Ziel vor Augen hat. Schließlich habe ich über Jahrzehnte das herrschaftliche Haus eines Adligen geleitet. Wissen Sie eigentlich, wie viele Gewänder, Wams, Kettenhemden oder auch Leinenhosen wir für die Staufersaga anfertigen müssen? Der Herr Oberbürgermeister verlässt sich voll auf mich. Ich kümmere mich komplett um die Näherei - da gibt es keine Extratouren. Und wem es nicht passt, der kann ja wegbleiben. Nur die alte Goldbauer nimmt sich immer wieder ihre Auszeiten - wie es ihr in den Kram passt. Madame hat hier eine Wohltätigkeitsveranstaltung, da ein Dinner, dort eine Spendengala«, schob sie mit verächtlichem Gesichtsausdruck nach. Wenn jede so wäre, würden wir nie fertig bis zur Aufführung. Ohne strenge Disziplin geht das nicht! Und die Tochter ist auch nicht viel besser gewesen. Fragen sie mal Tamara. Die ist draußen im Nähzimmer. Soweit ich weiß, ist sie mit dem

Sohn der Goldbauers verbandelt. Die weiß, wie die Tochter ihre Eltern immer eingewickelt hat, wenn sie was wollte.«
»Wo waren sie, bevor Sie wieder herfuhren?«, unterbrach sie Hermann. Nebenher schrieb er sich »Tamara« auf seinen Block. Später würde er sich mit ihr noch unterhalten, vielleicht konnte sie tatsächlich etwas Näheres über die Familie Goldbauer aussagen.
»Was soll die Frage? Ich bin Witwe. Natürlich war ich zu Hause«, zischte Zander-Fillt. »Sie können ja meine Katzen fragen, aber deren Aussage wäre wohl nicht haltbar. Sie miauen nur. Suchen Sie den Mörder an der richtigen Stelle, hier finden Sie keinen«, forderte sie die Kripobeamten auf. »Vielleicht hat auch meine Schwester bemerkt, dass ich zu Hause bin. Wobei, die kriegt nie was mit. Und ich habe mit ihr nicht geredet, die war längst im Bett. Kann' ich jetzt wieder gehen? Ich habe zu arbeiten! Sonst werden wir nie fertig!«
Peter und Hermanns Blicke trafen sich. »Sie können gehen. Danke. Aber bitte halten Sie sich zur Verfügung«, antwortete Peter. Gabriele Zander-Fillt stand auf, warf den beiden noch einen missmutigen Blick zu und rauschte aus dem Zimmer.
»Puh, die hat Haare auf den Zähnen. Hat so was von einer Gouvernante vom alten Schlag«, klappte Hermann seinen Notizblock zu.
»Aber sie konnte offensichtlich die Ermordete, beziehungsweise deren Familie, nicht leiden. Wir streichen sie noch nicht von der Liste. Allerdings hat sie sich recht frei ausgedrückt.

Als hätte sie nichts zu verbergen. Auch ihre Katzen nicht«, stellte Peter fest. »Trotzdem, sie ist eine Hauptverdächtige. Wir beleuchten mal lieber ihren Lebenslauf. So ein richtiges Alibi hat sie ja nicht für gestern Abend.«
Es klopfte und ein Kollege streckte den Kopf herein. »Wir haben jetzt mit allen gesprochen. Was nun?«, erkundigte er sich bei Peter. »Wir treffen uns gleich alle auf dem Revier. Wir kommen im Moment nicht weiter«, antwortete er nach kurzem Überlegen. »Wir müssen in das Architekturbüro und auch die Nachbarschaft abklappern. Und brauchen einfach mehr Infos über Carmen Goldbauer. Sonst kommen wir nicht voran.«
»Alles klar, dann bis gleich auf dem Revier«, nickte der Kollege, zog den Kopf zurück und schloss die Tür.
Peter stand auf und öffnete nochmals die Tür. »Könnt ihr mir eine Näherin namens Tamara noch kurz ins Zimmer schicken?«, rief er dem Kollegen hinterher. »Klar«, kam die knappe Antwort aus dem Flur. »Mittlerweile müsste doch auch der Verlobte mal da sein? Gehen wir nochmal zu den Goldbauers?«, fragte Hermann.
Peter schaute auf die Uhr. »Nein, von Baden-Baden bis hierher brauchst Du zwei Stunden. Und dann gibt's rund um Pforzheim und Leonberg immer Stau. Wobei, heute ist Sonntag, da fallen die Berufspendler weg«, überlegte Peter. Es öffnete sich erneut die Tür. Der Kollege von der Streife streckte seinen Kopf herein: »Tut mir leid, diese

Tamara ist gerade gegangen. Kommt erst morgen wieder. Aber wir haben ja ihre Adresse, da wir vorhin auch mit ihr gesprochen haben«, informierte der Polizist. »Jetzt gehen sowieso alle. Mit Nähen ist heute Schluss, es ist doch Sonntag.« Er zog den Kopf wieder zurück und schloss die Tür.
»Also gut. Die rennt uns nicht weg. Jetzt fahren wir erst mal aufs Revier. Dann werden wir sehen«, schlug Peter vor. Er hatte keine Lust, binnen 24 Stunden noch einen Trauernden zu sehen. Schließlich hatte der Verlobte erst vor kurzem erfahren, dass seine Braut ermordet worden war. »Lassen wir die Familie erst einmal in Ruhe«, sagte er zu Hermann. Dieser stimmte zu.

Ira war mittlerweile in der Redaktion angekommen. Redakteur Werner Fauster hatte Sonntagsdienst. Sie kamen prächtig miteinander aus. Wie erwartet, war bereits das Layout erstellt und Ira konnte gleich ihren Gymnasium-Artikel direkt in die Seite hineintippen. Sie suchte sich einen Arbeitsplatz. Da sie freie Mitarbeiterin war, nahm sie einfach immer den Computer, der gerade frei war. Und, da bei Werner noch ein PC im Zimmer stand, an dem gewöhnlich Karlo Strelitz saß, der aber sein freies Wochenende genoss, schrieb die Journalistin an diesem. So konnte sie sich nebenher ein wenig mit Werner unterhalten.
»Deinen Artikel über den Weintreff, den Du mir gemailt hast, hab' ich bereits reinlaufen lassen. Hat gut gepasst«, informierte Werner.

»Prima, so hab' ich es gehofft. Ich mag es nicht, zwei Artikel hintereinander zu schreiben, deshalb hab' ich ihn gestern Abend noch getippt«, freute sich Ira. »Dann ist der schon mal fertig.«
»Du hast ihn mir kurz vor Mitternacht gemailt. Hattest Du nichts Besseres zu tun?«, grinste sie Werner an. »Peter ist doch jetzt bei Dir eingezogen. Die junge Liebe muss doch genossen werden«, frotzelte er.
»Da ist uns leider die Tote bei der Gewandmeisterei dazwischen gekommen«, bedauerte Ira.
»Ach so, stimmt! Gibt's da was Neues?«, erkundigte sich der Kollege.
»Keine Ahnung, mein Name ist Hase«, schüttelte Ira den Kopf. Dabei zog sie ihre Oberlippe so hoch und kraus, dass ihre Schneidezähne sichtbar wurden. Sie mimte ein Karnickel. »War einen Versuch wert«, grinste Werner. Doch er wusste, dass sich Ira äußerst zugeknöpft zeigte, wenn ihr Freund an einem Fall dran war. »Woher weißt Du eigentlich davon? War doch erst gestern Abend«, wunderte sich Ira.
»Hör' mal, ich bin ein waschechter Gmünder!«, entrüstete sich Werner. Ira musste lachen, als sie seinen demonstrativ aufgelegten, empörten Gesichtsausdruck sah.
»Nein, ich hab' vorhin Achim Grill getroffen, er hat's mir erzählt. Der war ganz schön durch den Wind. Die Neuigkeit verbreitet sich in Windeseile. Schließlich sind die Goldbauers sehr bekannte Leute«, berichtete Werner.
»Ja. Bleibt zu hoffen, dass der Fall schnell aufge-

klärt wird. Die Kripo gibt auf jeden Fall Vollgas«, stimmte Ira ihm zu. »Hast Du nicht mal was über das Goldbauer-Haus geschrieben?«, fiel ihr ein, dass Werner sich um die Serie mit alten Häuserfotos in Gmünd gekümmert hatte. »Nein, nicht über deren Haus, aber über das Nachbarhaus. Auch eine Stadtvilla. War recht interessant, was mir der Besitzer damals erzählte«, berichtete Werner.
»Was denn so?«, rührte sich Iras angeborene Neugier.
»Ach, es ging um die gute alte Zeit, als die Besitzer der Villen noch Angestellte hatten. Zu denen waren sie nicht immer nett. Und mancher hatte Dreck am Stecken – und vergriff sich schon mal am weiblichen Personal. Hach ja, die gute alte Zeit«, grinste Werner. »So lange man am Sonntag ins Münster ging und regelmäßig beichtete, war alles in Ordnung«, fügte er an. In diesem Moment klingelte sein Telefon. Ein Abgeordneter war dran. Der wollte eine Stellungnahme zum Stand der Mögglinger Ortsumfahrung abgeben. Auf diesen Anruf hatte Werner gewartet. Die Bürgerinitiative »B 29 raus« hatte tags zuvor bei einer Aktion von jedem Durchfahrenden einen Euro verlangt. Dafür erhielt dieser quasi einen Mautzettel an die Windschutzscheibe. Die Aktion mit den Klingelbeuteln war allgemein gut angekommen. Und jetzt wollte sich der Abgeordnete dazu äußern. Ira widmete sich ihrem Artikel, während Werner sich Notizen von dem Telefonat machte.

»Wir haben immer noch nicht viel«, schüttelte Hermann Strohmüller im Besprechungszimmer auf dem Revier den Kopf. »Wir müssen abwarten, was die Befragung der Mitarbeiter im Büro ergibt. Zudem gilt es, in der Nachbarschaft der Goldbauers die Klingeln zu putzen. Die Ermordete ist erst vor wenigen Tagen in ihre eigene Wohnung gezogen. Befragungen von Nachbarn dort haben nichts ergeben. »Morgen wartet also viel Arbeit auf uns«, schickte er die Kollegen in den Feierabend. »Dann haben wir alle noch was vom Sonntag. Morgen mit Vollgas weiter.«

»Sie wurde also, wie bereits erwartet, nicht bei der Gewandmeisterei getötet, sondern dort nur abgelegt«, unterhielten sich Peter und Hermann auf dem Flur. Der Gerichtsmediziner hatte den Chef über die Untersuchungsergebnisse unterrichtet. Und dieser hatte die Infos in der Besprechung weitergegeben. Auch den Zeitpunkt des Todes hatte er besser beziffern können: Zwischen 17 und 18 Uhr. Zudem war an der Toten Blut gefunden worden, das keineswegs von ihr selbst stammte. Doch dessen Analyse würde noch ein Weilchen dauern.
»Warum hat man die Tote bei der Gewandmeisterei abgelegt?«, wollte Hermann wissen.
»Es muss ein Zeichen sein. Irgendwas hat es mit diesen Ehrenamtlichen auf sich«, mutmaßte Peter.
»Oder, man will uns auf eine falsche Fährte locken. Und es hat überhaupt nichts mit den Näherinnen oder deren Umfeld zu tun«, hielt Hermann dagegen. Peters Handy klingelte. Ein Kollege von der Streife war dran und berichtete, dass man Carmen Goldbauers Auto auf dem Remsdeck gefunden habe. Zufällig, da ein Mann beim Auspar-

ken an den Wagen geboxt war. Und um nicht der Fahrerflucht bezichtigt zu werden, hatte dieser die Polizei gerufen.

Diese war hingefahren und hatte Carmen Goldbauer als Halterin ermittelt.

Das Auto ist unverschlossen«, erklärte der Kollege am Telefon.

»Seid ihr vor Ort?«, fragte Peter.

»Ja. Ich dachte mir, dass ich gleich mal anrufe«, bestätigte er.

»Okay, wir sind gleich da«, sagte Peter, klappte das Handy zu und schob es wieder in die Hosentasche. Hermann blickte ihn fragend an.

»Sie haben das Auto von Carmen Goldbauer auf dem Remsdeck gefunden. Lass' uns gleich hinfahren«, forderte er seinen Kollegen auf. Hermann nickte. »Vielleicht bringt uns das endlich weiter.«

Wenige Minuten später trafen die beiden dort ein. Die Kollegen in Uniform winkten sie in den hinteren Bereich des Parkdecks an der Stadtmauer. Dort stand ein dunkelblauer Golf. »Komisch, da sind Kleider drin. Sieht aus, als hätte sie sie schnell ausgezogen und ins Auto geworfen«, sagte der Kollege und deutete in den Fond des Fahrzeugs. Peter und Hermann zogen ihre Handschuhe an und öffneten die Fahrertür. »Gebt der Spurensicherung Bescheid. Sie soll so schnell wie möglich kommen«, gab Peter Anweisung. Während er sich ins Fahrzeug hineinbeugte, rief Hermann hinter ihm: »Schau mal, das wäre doch eine geeignete Mordwaffe, oder?«, sagte er und zeigte auf einen Pflasterstein, der am Gebüsch auf dem Boden lag.

Dieser war zwar nass vom Nieselregen, hatte aber noch dunkle Flecken auf der grauen Oberfläche. Peter hatte seinen Oberkörper wieder aus dem Auto zurückgezogen und machte einen kleinen Schritt zur Seite.
Dabei stach es ihm fürchterlich ins Knie, als er dieses bei der Bewegung leicht drehte. »Mist«, rieb er sich die schmerzende Stelle. »Könnte Blut sein«, nickte er mit Blick auf den Stein, der da so unschuldig rumlag. Der Gerichtsmediziner hatte von einem Stein gesprochen, mit dem die Schädeldecke des Opfers zertrümmert worden sein könnte. Peters Blick fiel auf eine Palette, die mit zahlreichen Pflastersteinen bestückt war. Diese stand keine fünf Meter vom Auto entfernt, seitlich am Rand.
»Wird wohl daher stammen«, meinte er und zeigte darauf.
»Dann handelt es sich wohl eher um einen Mord im Affekt?«, dachte Hermann laut. Nichts ahnend, wie sehr er sich mit dieser Annahme noch irren sollte.

Kapitel 10

»So was Dummes. Da ruft sie an und ich fahr' extra hierher – und jetzt macht sie nicht auf!« Elektriker Paul Sautz meckerte ärgerlich vor sich hin. Heute war nicht sein Tag. Gerade, bei der Herfahrt, hatte er nur noch im letzten Moment einem grauen Lieferwagen ausweichen können, der mit einem Affenzahn um die Kurve geschossen war. Und jetzt stand er vor verschlossener Tür an der Gewandmeisterei. Obwohl er sich mit seinem Bruder, der in Passau wohnte, zum Essen verabredet hatte. Er war nur heute in Gmünd. Aber gutmütig wie immer, wollte Paul Sautz nach Zander-Fillts Anruf schnell noch die Neonröhre auswechseln. Seine Gattin Ulla musste eben so lange im Restaurant in Weilerstoffel als Unterhalterin die Stellung halten. Er würde später hinzustoßen.

»Ach, hallo«, hörte Paul Sautz eine Stimme hinter sich. Er drehte sich um. Es war Achim Grill.

»Eine Röhre ist kaputt, die sollte ich austauschen. Aber jetzt macht Frau Zander-Fillt nicht auf, obwohl sie mir zugesichert hat, dass sie da sein wird. Zu ärgerlich.« Der Ärger stand Sautz ins Gesicht geschrieben.

»Stimmt, im Nähzimmer flackert eine Röhre. Das hat sie mir heute Mittag am Telefon gesagt. Kein Problem, ich lass' Sie rein.« Er nickte ihm zu, zog einen Schlüsselbund aus seiner Jackentasche und schloss auf.

»Es wundert mich sehr. Auch ich wollte mit Frau Zander-Fillt sprechen.

Sie sagte, sie sei sonntags immer die Letzte, die die Gewandmeisterei verlässt«, bemerkte Grill, während beide das Gebäude betraten. Der Elektriker ging schnurstracks ins Nähzimmer. Er kannte sich im Gebäude gut aus, schließlich hatte er schon mehrfach für besseres Licht beim Nähen gesorgt. Auch er war ehrenamtlich für das Stauferjubiläum unterwegs. Es war für ihn eine Selbstverständlichkeit als echter Gmünder. Während er die defekte Röhre gegen eine neue austauschte, stand Achim Grill an der Theke und spielte mit seinem Kugelschreiber. »Wo ist nur Frau Zander-Fillt?«, grübelte er. Aus Unachtsamkeit glitt ihm der Kugelschreiber aus den Fingern, rollte über die Theke und fiel auf der anderen Seite mit einem leisen »Plopp« auf den Boden. Grill hatte das Eigenleben seines Kulis verdutzt beobachtet. Er ging um die Theke herum, um den Ausreißer aufzuheben. Beim Bücken fuhr ihm plötzlich der Schreck in die Glieder. Grill erstarrte in seiner Bewegung. »Oh Gott«, entfuhr es ihm. Er erschrak sich fast zu Tode. Fassungslos blickte der Jubiläumsorganisator auf das, was sich hinter der Theke auf dem Boden zeigte. Paul Sautz hatte seinen erschrockenen Ausruf gehört und war mit großen Schritten zu ihm hergeeilt. »Was ist denn los?«, fragte der Elektriker atemlos. Grill stand da wie angewurzelt und deutete wortlos mit dem Finger auf den Boden. Der Elektriker beugte sich neugierig über die Theke – und sein Blut erstarrte. Zusammengekauert, halb an die Wand gelehnt und halb auf dem Boden sitzend, mit dem Kinn auf der Brust und dem Kugelschreiber von

Grill im Ausschnitt, fanden die beiden Gabriele Zander-Fillt.
»Was ist mit Ihr?«, rief der Elektriker und umrundete dabei die Theke. Grill fand derweil seine Fassung wieder, kniete nieder und stupste den regungslosen Körper an. Dadurch sank Gabriele Zander-Fillts Kopf wie in Zeitlupe zuerst zur Seite und dann in den Nacken, wo er von der Wand fixiert wurde. Ihre Augen waren weit aufgerissen, ihr Blick gebrochen. Ein dünner, blauer Striemen zeigte sich rund um ihren Hals.
»Ich glaube, sie ist tot«, stellte Paul Sautz fest. »Was ist das Blaue da?«, deutete er zaghaft auf den dünnen Strich. »Was ist denn bloß los? Das darf doch alles nicht wahr sein. Das ist die zweite Tote hier!«, brach es aus Achim Grill heraus. Er versuchte, den Puls der Frau zu fühlen – aber es war vergeblich. »Was machen wir jetzt?« Mit verzweifeltem Blick schaute er den Elektriker an.
»Ich schätze, dass es das Beste ist, wenn wir die Polizei informieren. Das sieht jetzt ja nicht nach einem Herzinfarkt oder so etwas aus«, schlug Paul Sautz vor. »Sie haben Recht«, nickte Achim Grill und griff zum Handy.

»Jetzt hab' ich aber wirklich meine Ruhe. Ich lass' mir doch nicht die Suppe von dieser dummen Person versalzen. Die Polizei wird nie dahinter kommen, dass ich es bin. Ich habe vorgesorgt!« Das Phantom lächelte zufrieden in den Spiegel. »Meine Zeit ist gekommen. Die Gmünder werden erkennen, was in mir steckt!«

Das Phantom drehte sich um und ging ins nächste Zimmer. Dort plärrte das Radio »Walkin' on sunshine« - und eine hübsche Frau räkelte sich auf dem Sofa. »Bist Du wieder da?«

»Heute ist ein blöder Tag. Erst musste ich die Seite wegen eines Küchenbrandes umbauen, dann gab's einen Unfall auf der B 29 und jetzt hab' ich eine halbe Seite zu füllen wegen einer überdimensionalen Todesanzeige«, nörgelte Werner Fauster in der Redaktion. Somit war alles, was er am Samstag bereits in Sachen Layout geplant hatte, umsonst gewesen.
»Na, dann wird es wenigstens nicht langweilig«, frotzelte Ira.
»Sehr witzig«, konterte Werner. »Jemand Prominentes gestorben?«, fragte sie. »Wie man's nimmt. Ein Baron aus dem Göppinger Raum.« Iras Handy klingelte. Es war Peter. Er erkundigte sich, ob sie am Abend zuhause sein würde.
»Klar. Ich hab' meinen Artikel gleich fertig, dann geh' ich heim. Soll ich uns was kochen?«, fragte Ira.
»Nein, ich hab' morgen eine Menge Arbeit vor mir. Da darf ich nicht von einer Magenverstimmung geplagt werden. Lass' uns lieber eine Pizza bestellen«, schlug Peter frech vor.
»Was bist Du heute wieder charmant, du Ekelpaket. Also, bis später«, lachte die Journalistin und beendete das Gespräch.
»Muss Liebe schön sein«, grinste ihr Kollege sie an. Ira hob die Schulter.

»Ich kann mir Schöneres vorstellen. Etwa ein Spaziergang in den schottischen Highlands.«
Werner amüsierte sich über ihren Schmollmund, den sie nach der Antwort zog. Da klingelte sein Telefon. Ira widmete sich wieder ihrem Text, schließlich wollte sie vor Peter zuhause sein. Sie hatte noch einige Dinge heimlich zu entsorgen, die Peter mit umgezogen hatte, und die aus ihrer Sicht nicht zu ihrer Einrichtung passten …
»Tja, da kann man nichts machen. Ich hoffe, dass ich schnell jemand finde, der einspringen kann …«, hörte Ira den Kollegen sagen. Der legte jetzt mit säuerlicher Miene den Hörer auf.
»Na toll, in einer Stunde ist ein Termin bei einem Hundertjährigen und jetzt fällt dem freien Mitarbeiter ein, dass er Besuch bekommt. Scheiße!« Werner regte sich auf. »Wo soll ich jetzt jemanden herbekommen, der einspringt? Es ist Sonntagnachmittag!«, motzte er. Plötzlich schien er eine Eingebung zu haben. Er drehte sich mit einem »Duuuhuu, Ira …« zu ihr rum. Ohne darauf zu reagieren griff diese zum Handy und rief Peter an. »Du hast Glück, ich muss noch auf einen Termin. Da kann ich wirklich nicht kochen. Es wird später«, sprach sie ihm auf die Mailbox. Als sie wieder auflegen wollte, surrte ihr Handy um ihr zu signalisieren, dass eine Nachricht eingegangen war. Sie öffnete die SMS und las: »Ich komm' doch später, es gibt noch eine Tote …«
»Ach du Schande, da geht's ja wirklich ab«, schüttelte sie den Kopf und klappte ihr Handy zu. Werner blickte sie fragend an.

»Sieht so aus, als fallen die Leichen heute vom Himmel«, dachte sie laut nach.
»Hä?«, Werner verstand nicht. »Vergiss es«, winkte sie ab. Ira hatte schon zu viel gesagt. Schließlich war Peters Nachricht nur für sie bestimmt.
»Wo wohnt denn der Hundertjährige?«, lenkte sie ab.
»Du bist echt ein Schatz. Danke, dass Du den Termin machst. Er wohnt in der Innenstadt, die Adresse steht auf dem Terminplan«, antwortete Werner und strahlte Ira an.
»Kein Problem, ich hab' eh' nichts Besseres vor«, versicherte diese ihm und ging an den Schreibtisch der Sekretärin. Dort befand sich der Terminplan. Es war nicht ihre Art, sich lange bitten zu lassen. Entweder hatte sie Zeit - oder eben nicht. Und jetzt hatte sie genug Zeit, denn Peter würde ohnehin erst später nach Hause kommen. Ira notierte sich die Adresse und ging zu ihrem Schreibtisch zurück. Nach zehn Minuten hatte sie ihren Text über die Gymnasium-Einweihung fertig und sandte diesen auf den Drucker.
»Voila«, legte sie ihn schwungvoll auf Werners Schreibtisch.
»So, jetzt trink' ich einen Kaffee und dann geh' ich zum Hundertjährigen«, kündigte sie an.
»Alles klar. Schreibst Du nachher hier, oder schickst Du den Text von zuhause?« erkundigte sich Werner bei ihr.
»Ich komm' nochmal rein. Ist ja ohnehin in Gmünd.«

Ira verließ die Redaktion und schlenderte ins gegenüberliegende Café. Wenige Minuten später schlürfte sie genüsslich ihren Kaffee.

»Na klasse, unsere bisherige Hauptverdächtige ist umgebracht worden.« Bedauernd blickten die beiden Kommissare Peter Brand und Hermann Wöllnert auf Frau Zander-Fillt. »Tja, das bedeutet, dass wir auf dem Holzweg waren und nochmal von vorn beginnen müssen.« Peter sah zu Hermann. Der nickte. »War sowieso reichlich dünn. Ich hab' ja gesagt, dass wegen eines Ehrenamts wohl kaum ein Mensch zum Mörder wird.«
Die Mitarbeiter der Spurensicherung waren eingetroffen, und ein Polizeiarzt stellte fest: »Erdrosselt. Kann noch nicht lange her sein. Näheres ergibt die Obduktion. Ab nach Ulm in die Gerichtsmedizin.« Er nickte den Polizisten zu und ging.
»Ein echter Schwabe, spart sogar an Worten.« Hermann sah diesem hinterher. »Stimmt. So, jetzt heißt es aufs Ergebnis warten. Was meinst Du? Es kann doch nicht so schwer sein, einen Zeugen zu finden, der jemanden ins Gewandhaus gehen sah. Sie muss ihrem Mörder die Tür geöffnet haben«, überlegte Peter. Hermann hatte sich bereits zu Paul Sautz und Achim Grill umgedreht. »Wir haben Ihre Aussagen. Sie können gehen.« Beide hatten beschrieben, wie sie die Leiche gefunden hatten. Mehr konnten sie nicht beisteuern. Wortlos nickten sie den Kommissaren zu und verließen den Raum.
»Und wir zwei Hübschen? Was machen wir

jetzt?«, erkundigte sich Peter bei seinem Kollegen.
»Wir sollten schnellstens mehr über die Zander-Fillt rausfinden. Achim Grill hat gesagt, dass sie zusammen mit ihrer Schwester wohnt und verwitwet ist. Wir sollten keine Zeit verlieren. Wir müssen Licht ins Dunkel bringen. Ich habe keine Lust, im eintägigen Rhythmus eine Leiche in Gmünd zu finden. Vor allem muss geklärt werden, ob dieser Mord was mit der jungen Goldbauer zu tun hat. Davon gehe ich zumindest fest aus.« Während Hermann dies feststellte, blätterte er in seinem Notizbuch.
»Also, an die Arbeit! Fangen wir mit der Schwester an.« Mit diesen Worten drehte sich Peter um und ging zum Ausgang. Hermann folgte. »Und die Kollegen sollen bei den Goldbauers nachschauen, ob der künftige Schwiegersohn mittlerweile aufgetaucht ist«, schob Peter nach. »Die sollen ihn ins Revier bestellen. Dann können wir uns mit ihm unterhalten. Ich hab' keine Lust, das Gespräch bei den Goldbauers im Wohnzimmer zu führen. Eine eigene Wohnung hat er hier wohl nicht, der kommt ja aus Baden-Baden.«
»Alles klar, ich ruf die Kollegen an«, griff Hermann zum Handy. Während er telefonierte, wies Peter die Kollegen ein. Diese mussten sich um die Befragung der Anlieger bei der Gewandmeisterei kümmern. Schließlich musste doch irgendjemand irgendetwas gesehen haben! Der Mörder war zwar laut Todeszeitpunkt in der Dämmerung da gewesen, aber es gab durchaus Zeitgenossen, die gern stundenlang am Fenster standen.

Vielleicht hatten sie Glück. In Gedanken versunken, schlug Peter seinen Jackenkragen hoch. Wobei, hier bei der Gewandmeisterei gab es nicht wirklich Nachbarn. Das Gebäude lag etwas abseits, und es gab nur Handwerksbetriebe in der Nachbarschaft. Da Sonntag war, hatte es vermutlich keinen Kunden- oder Lieferantenverkehr gegeben. »Wir werden sehen.« Der Kommissar versuchte, sich selbst Hoffnung zu machen.
Ein eisiger Wind pfiff und der Regen wollte gar nicht mehr aufhören. »Schade, bei dem Wetter geht keiner freiwillig vor die Tür«, bedauerte Peter. »Da wird's dann auch schwierig mit Zeugen.« Er ging zum Auto. Hermann kam hinterher.
»Dann fahren wir jetzt nach Straßdorf zur Schwester?«, fragte Peter, der bereits beim Auto angekommen war. »Ja. Mal sehen, ob uns diese Dame besser zu Wort kommen lässt als ihre Schwester«, hoffte Peter. Er fuhr sich mit der Hand unbewusst über den Bauch. Hermann war dies nicht entgangen.
»So, jetzt kommt wieder deine Lieblingsbeschäftigung. Ich sehe, Du freust dich schon drauf«, grinste er ihn an.
»Wieso?«, sah Peter ihn fragend an.
»Na, eine Todesnachricht überbringen«, antwortete Hermann. Dabei zog er einen Schokoriegel aus der Tasche.
»Du kannst doch jetzt nichts essen?« Peter sah ihn verständnislos an.
»Ich muss doch groß und stark sein«, zuckte Hermann die Schultern und biss kräftig vom Riegel ab.

»Du meinst wohl werden«, sah Peter auf ihn herab.
»Hähähä ...« , öffnete der schmächtige Hermann äffend die Autotür. »Qualität statt Quantität«, raunzte er beim Einsteigen. Dabei haftete sein Blick auf der großen und stämmigen Statur von Peter. Der ignorierte ihn und rief beim Chef an. Er wollte ihm von der zweiten Leiche und dem weiteren Vorgehen berichten.

Kapitel 11

Zwei Stunden vorher …

In der Gewandmeisterei drang Stimmengewirr aus dem Nähzimmer. Es klang, als formiere sich dort ein angriffslustiger Bienenschwarm. Im Zimmer selbst beugten sich gerade mehrere Frauen über ein Stück Stoff. Es schien, als wollte jede gleichzeitig ein kleines Stück dieser fließenden Seide in Händen halten, um deren angenehme Kühle auf der Haut zu spüren. Der Anblick weckte Erinnerungen an das Wühltisch-Gebaren beim Sommerschlussverkauf im einstigen Horten-Kaufhaus in der Ledergasse. Das existierte längst nicht mehr, war für die Landesgartenschau dem Erdboden gleich gemacht worden.

»Schaut euch nur diese wundervollen Steine an!«

»Das war ja wohl mächtig viel Arbeit, diese in den feinen Stoff zu integrieren.«

»Und diese Farben! Einfach herrlich, das zarte Gelb mit dem duftigen Orange. Ein Traum!«

»Die Seide stammt aus Indien. Die wissen halt, wie's geht.«

Keine Frage, die Begeisterung der Frauen war nicht zu überhören. Ausgelöst von einem wirklich wundervollen Stoff, aus dem die Gewänder des Kaiserpaares für den Stauferzug durch Schwäbisch Gmünd geschneidert werden sollten. Dieser Umzug sollte bei der 850-Jahr-Feier eine echte Augenweide werden, die Krönung der Feier. Quasi ein vollendeter Abschluss für die Staufersaga. So hieß das eigens geschriebene Bühnenstück, das

den Aufstieg und Fall des Staufergeschlechts auf einer Bühne vor der Johanniskirche mit mehr als 1000 Darstellern zeigen sollte. Allesamt Laien, die unendlich viel Freizeit in dieses gemeinsame Vorhaben steckten. Sieben Aufführungen waren geplant. Und schier endlos lang hatte sich die Warteschlange in der Kappelgasse hingezogen, als die Karten dafür verkauft wurden. Lange Gesichter hatte es gegeben, als das Kontingent ausverkauft war. Und strahlende Augen, als durch pfiffige Erweiterung der Bühne nochmals 1800 Karten freigeschaufelt worden waren. Es hatte den Anschein, als wolle jeder Bürger sein Scherflein zum Gelingen des Stadtjubiläums beitragen. Die Näherinnen waren eine der vielen ehrenamtlichen Gruppierungen.
Zum Alltag der Frauen, die in mehreren Schichten an den Nähmaschinen saßen, gehörte kein zarter Stoff. Üblich waren grobe Leinenstoffe und Baumwolle. Eben Stoffe, die im Mittelalter en vogue waren. Da war es nur natürlich, dass sich alle über diesen Traum aus Seide und Schmucksteinen freuten.
»Ich hab' jetzt noch Lust auf ein selbstgemachtes Likörchen. Ich hab' es extra für euch heute mitgebracht. Was meint ihr, machen wir dann Feierabend? Es ist ja bereits Mittag. Ich sollte auch mal wieder nach Hause gehen«, gab eine brünette Frau bekannt. Sie hatte sich hinter der Theke im Eingangsbereich des Nähzimmers platziert. Auf dieser befanden sich eine Kaffeemaschine und Naschwerk in einer kleinen Schüssel, das immer

wieder von einer der Näherinnen aufgefüllt wurde. An der Wand neben der Theke hing eine Liste mit Uhrzeiten: die eingeteilten Schichten. Das war wichtig, denn es gab längst nicht so viele Nähmaschinen wie Näherinnen. Jede Schicht trug sinnigerweise den Namen einer Persönlichkeit aus dem Mittelalter. Etwa Agnes von Hohenstaufen oder Irene von Byzanz.

»Gute Idee, noch ein Likör, und dann husch, husch, nach Hause«, stimmte die füllige Mittvierzigerin, die der Brünetten gegenüber an der kleinen Theke stand, zu.

»Au ja, ich bin dabei« und »Klasse Idee«, war aus dem Nähzimmer zu hören. Während die anderen Frauen den edlen Stoff wieder in das Seidenpapier packten und in den Karton zurückbeförderten, schenkte die Brünette den hausgemachten Likör in kleine Gläschen. Die Frauen scharten sich um die Theke, griffen jede ein Glas und prosteten sich zu.

»Heute haben wir wieder viel geschafft. Die Unterhemden für die Ritter sind soweit fertig. Und viele Röcke sind genäht. Es geht voran«, stellte die Füllige zufrieden fest.

Seit Monaten trafen sich die fleißigen Näherinnen im Unipark, um die Kleider für die Saga und den Umzug zu nähen. Viel Arbeit, die sie für Gotteslohn tätigten. Von jung bis alt – alle Generationen trafen sich an den Nähmaschinen. Ein großes, gemeinsames Ziel vor Augen: Eine unvergessliche Stadtjubiläums-Woche. Es war ein Glücksfall für die Arbeiten, dass das Gebäude am Rande des

Uniparks, einst das Casino der US-Kaserne, noch stand. Ursprünglich hätte es abgerissen werden sollen. Die Näherei hatte die Stadt eigentlich in der Grät am Marktplatz unterbringen wollen. Doch als sich immer mehr Freiwillige meldeten und immer mehr Stoff- und Kleiderspenden ankamen, war klar, dass der Platz nicht ausreichen würde. Somit war man mit Sack und Pack in den Unipark gezogen. Die Gewandmeisterei war geboren. Jetzt stapelten sich dort die Stoffe für die Näherei, es gab Raum für hunderte bereits fertige Kostüme und genügend Platz für die Nähmaschinen. Für die Stoffspenden, die regelmäßig abgegeben wurden, gab es Lagerkapazitäten in einem größeren Raum. Im hinteren Bereich des Gebäudes hatten die Mitarbeiter des Bauhofs ein spezielles Gerüst mit Metallstangen erstellt, an denen die bereits fertigen Hemden, Jacken und Westen oder Kettenhemden aufgehängt werden konnten. Das vorherige Provisorium hatte sich eines schönen Tages mit einem lauten Rumser verabschiedet und einen riesigen, durcheinander geworfenen Wäscheberg erzeugt.

Unerwartet viele Freiwillige hatten sich gemeldet, wollten in der Gewandmeisterei tätig werden. Sie wollten Teil des großen Mosaiks werden, das das Gesamtbild des Stadtjubiläums in Schwäbisch Gmünd bilden würde. Fahnenschwinger gab's ebenso – unter denen sich auch der Oberbürgermeister befand.

Lästermäuler kommentierten dieses Tun damit, dass er wohl einer der wenigen Oberbürgermeister sei, der seine Fahne offiziell vor sich hertrug. Oder es gab eine Rüstmeisterei, in der fünf Teams arbeiteten. Helme, Schwerter, Schilder, Großwaffen oder Pfeile und Bögen herstellten. Sogar ein zwei Tonnen schweres Katapult war gebaut worden. Dies hatte genau hundert Tage vor dem Stadtjubiläum im Gmünder Industriegebiet »Gügling« seine Einsatzbereitschaft eindrucksvoll bewiesen. Weitere Gruppen befassten sich mit mittelalterlichen Musikinstrumenten oder probten den Schwertkampf. Alle lebten auf das gemeinsame Ziel hin, ein Stadtjubiläum der Extraklasse zu feiern – mit echten Waffen, echten Gewändern und originalgetreuen Reichsinsignien die von Goldschmieden hergestellt wurden. Da fehlte nicht einmal der Reichsapfel.

»So Mädels, jetzt muss ich aber gehen«, stellte die Brünette mit Blick auf ihre Uhr fest.

»Ja, für heute haben wir genug genäht«, fanden die Frauen und verließen das Nähzimmer. In diesem Moment war Gabriele Zander-Fillt aus dem kleinen Raum gekommen, in dem die Polizisten sie befragt hatten. Sie ärgerte sich, dass die Näherinnen bereits fertig waren und gerade eine nach der anderen die Gewandmeisterei verließen. Sie wollte doch bestimmen, wann die Frauen gehen durften! Sie hasste es, das Zepter aus der Hand zu geben. Eine der Frauen drehte sich im Gang um und rief ihr zu: »Bleiben Sie nicht mehr so lang. Sie wissen ja, dass der Parkplatz abends nicht geheuer ist. Eine Tote reicht vollkommen.«

Gabriele Zander-Fillt schüttelte den Kopf.

»Von mir will doch keiner was! Ich geh' aber auch bald. Ich warte nur noch auf den Elektriker, der wird sicher bald kommen.«
»Alles klar, dann noch einen schönen Tag.« Mit diesem Gruß verließ nun auch die Letzte die Gewandmeisterei. Mit einem lauten Knacken fiel die Tür ins Schloss. Es wurde still. »Wie ruhig es hier sein kann«, freute sich Zander-Fillt. In diesem Moment klingelte das Telefon, das auf der kleinen Theke stand. Sie blickte verdutzt darauf. »Nanu, wer will denn um diese Zeit was?« Sie nahm den Hörer ab.
»Hallo?«
»Gott sei Dank, es ist noch jemand da! Mein Chef hat gesagt, dass eine Neonröhre bei Ihnen flackert. Kann ich kurz rüberkommen und diese auswechseln? Ich hätte jetzt Zeit, dauert auch nicht lange.«
Gabriele Zander-Fillt freute sich: »Das ist ja wunderbar. Wir brauchen gutes Licht beim Nähen. Natürlich können Sie kommen. Ich wollte zwar gerade gehen, aber ich warte auf sie.«
»Prima, dann können Sie mich reinlassen«, freute sich der Anrufer. »Ich bin in zehn Minuten da.«
»Klasse, dann kann auch die hintere Nähmaschine wieder ohne Tischlampe genutzt werden. Schön, dass das klappt.« Zander-Fillt war zufrieden.
Fünf Minuten später klopfte es an der Außentür. Rasch öffnete sie. »Nur herein«, sagte sie, trat zur Seite und machte eine einladende Handbewegung. Der Elektriker kam. Er trug einen blauen Overall und eine Baseballmütze, deren Schild er weit ins Gesicht gezogen hatte.

»Da drüben ist die kaputte Leuchte. Ich muss mich noch ein wenig um meine Stoffe kümmern«, wies Zander-Fillt, ohne ihn näher zu betrachten, mit dem Finger in Richtung Nähzimmer.
»Alles klar«, nickte der Handwerker und ging in den ihm zugewiesenen Raum zu dem Platz unterhalb der Leuchte. Gabriele Zander-Fillt ging derweil geschäftig in den nächsten Raum und zog den Seidenstoff nochmals aus dem Karton. Kurzerhand legte sie sich diesen um die Schulter.
»Was für ein wundervoller Stoff. Da würde sogar ich wie eine Kaiserin darin aussehen«, träumte sie mit verklärtem Blick.
»Soll ich Maß nehmen?«, fragte plötzlich der Elektriker hinter ihr und hielt ein Maßband in der Hand.
»Huch, haben Sie mich erschreckt. Ich dachte, dass Sie sich um die Leuchte kümmern!«, kreischte Zander-Fillt und drehte sich zu dem Elektriker um. Da dieser seine Mütze abgenommen hatte, erkannte sie ihn augenblicklich – und riss entsetzt ihre Augen auf. Sie kam nicht mehr dazu, etwas zu sagen. Blitzartig legte der Mann das Maßband um ihren Hals. Obwohl ihre Hände reflexartig danach griffen und es wegzerren wollten, hatte sie keine Chance.
»Nein, das bleibt dran!«, sagte der vermeintliche Elektriker und seine Stimme war eiskalt.
»Was tun Sie?«, röchelte sie, während sie verzweifelt versuchte, das immer enger werdende Maßband zu lösen. Die Augen zu kleinen Schlitzen verengt, blieb er die Antwort nicht schuldig:

»Dich umbringen, Du fette alte Kuh«, zischte er zwischen den Zähnen hervor - und zog gleichzeitig mit einem starken Ruck an beiden Enden des Maßbands. Dieses grub sich noch tiefer in den dicken Hals der Frau. Sie bekam keine Luft mehr, die Augen quollen hervor, und sie konnte keinen Laut mehr von sich geben. Die Hände sanken schließlich kraftlos an den Seiten herab.
»So, das wäre erledigt«, stellte der Pseudo-Handwerker nüchtern fest und löste das Maßband. Der Oberkörper der Toten fiel wie ein Sack auf eine der Nähmaschinen seitlich auf den Tisch. »Fertig. Du stehst mir nicht mehr im Weg« stellte er in völlig ruhigem Tonfall klar, während er das Maßband langsam und ordentlich zusammenrollte, um es dann wieder auf das kleine Beistelltischchen zu legen, von dem er es gerade erst genommen hatte. Ein zufriedenes Lächeln umspielte dabei seine Lippen.
»Du bekommst jetzt einen besonders schönen Platz. Und die Polizei was zum Denken.«

Kapitel 12

»Aaaah, das hat gut getan!« Ira stieg gut gelaunt in ihr Auto. Der Kaffee hatte ihre Lebensgeister geweckt und sie war auf den Hundertjährigen sehr gespannt. Es gab nur zwei Möglichkeiten. Entweder, der Jubilar war topfit, gesprächig und würde manche Anekdote aus der »guten alten Zeit« bieten, oder er war schwach und schwerhörig – bei Letzterem würden seine Angehörigen für ihn sprechen. Und das konnte anstrengend werden, weil Töchter und Schwiegertöchter sich gern ins Gehege kamen, wenn es um Jahreszahlen oder ähnliches ging.
»Wir werden sehen«, dachte Ira und lenkte ihren Wagen in Richtung Parlerstraße. Wo sich sonst die Autos Stoßstange an Stoßstange die Königsturmstraße hinauf und hinunter quälten, war heute gar kein Verkehr. »Könnte es nicht immer so sein?«, wünschte sie und korrigierte sich prompt. »Aber dann wäre ja jeden Tag Sonntag – auch doof.« Alle hofften, dass der Tunnel – wenn er im kommenden Frühjahr endlich freigegeben wird – Entlastung für die Innenstadt bringt. Aber das müsste sich erst noch beweisen woran Ira ihre Zweifel hatte. Nachdenklich bog sie in die Parlerstraße ein.
Beim Aussteigen, drangen zwei Stimmen an ihr Ohr. Die eine war ein tiefer Bass, die andere eher keifend und höher. Sie blickte sich um, sah aber niemanden. Die Stimmen schienen aus einem mit hoher Thujahecke umzäunten Garten zu kommen.

»Du dachtest, dass Du Dich ins gemachte Nest setzen kannst. Dass Du dir alles unter den Nagel reißen kannst! Schmink's Dir ab. Ja. heul Du nur – und dann hau dahin ab, wo Du hergekommen bist …« keifte die eine Stimme. »Du bist ein herzloser Mensch. Wie kann man nur so sein«, brummte der Bass zurück.
»Na, die beiden haben sich ja richtig lieb«, schüttelte Ira den Kopf und steuerte die Tür zum Haus des Hundertjährigen an. »Nicht schlecht, hier lässt es sich aushalten«, dachte Ira und blickte auf das polierte Messingschild am Eingang. Von einer kleinen Rente musste das Geburtstagskind offensichtlich nicht leben. Hier war mächtig viel Geld im Spiel. Passend für die Gegend. Sie blickte kurz auf die Uhr des Handys. Es war zehn Minuten vor vier. Auf 16 Uhr war der Termin angesetzt. Trotzdem klingelte sie und es dauerte nur wenige Sekunden, bis die Haustür aufgemacht wurde. Vor der hochgewachsenen Journalistin stand ein schmächtiger, kleiner Mann.
»Guten Tag, mein Name ist Ira Sander, ich komme vom Stauferboten und möchte zum Geburtstagskind«, lächelte Ira den Mann an.
»Ich habe schon auf sie gewartet, kommen sie rein. Schön, dass Sie so überpünktlich sind. Sie sind mein erster Gast«, sagte das Männlein und machte eine einladende Bewegung in Richtung Wohnung. »Und werden das wohl auch bleiben«, kicherte der Hausherr.
»Was für ein komischer kleiner Mann«, musterte ihn Ira. Mit seinem weißen Spitzbart am Kinn und

seinen flink umherblickenden, kleinen Augen war er eine Mischung aus Rumpelstilzchen und einem Buchhalter aus den Schwarz-Weiß-Filmen der 30er Jahre, der schwarze Ärmelschoner trug und mit kontrollierendem Blick über die Mitarbeiter an seinem Schreibboard stand.

»Sind sie der Herr, der heute seinen 100. Geburtstag feiert?«, erkundigte sich Ira. »Natürlich!«, kam die schnelle Antwort. »Das hätte ich nie gedacht«, platzte es aus ihr raus. Sie hätte dem Mann höchstens 80 Jahre gegeben. Er kicherte wieder und tippelte mit kleinen Schritten vor ihr her in Richtung Wohnzimmer. »Ich hab' einfach immer auf mich aufgepasst und mich nicht mit unnötigen Dingen herumgeärgert, etwa einer Frau oder Kindern. Die Arbeit war mein Leben und meine Familie«, grinste er wie ein Kobold.

»Na, der ist ja ein sympathisches Kerlchen«, dachte sich Ira ironisch, während er sie in Richtung Couch mit den Worten »setz' Dich, Mädel« lotste und sich selbst gegenüber in einen Sessel fallen ließ. Dabei berührten seine kurzen Beine mit den kleinen Füßen gerade so den Boden.

Er zauberte ein Blatt hervor, auf dem er seine Lebensdaten, seinen beruflichen Werdegang mitsamt Hobbys und Vorlieben festgehalten hatte. »Ich hab' schon mal was vorbereitet«, schob er dieses zu ihr über den Tisch. »Oh, sie haben mir fast die ganze Arbeit abgenommen«, staunte Ira.

»Ich lese Zeitung. Da konnte ich mir denken, was Sie fragen würden. Zeit ist Geld, also machen wir es kurz«, argumentierte er.

Ira nickte - und überflog kurz die Aufzeichnungen. Da stand, dass er Uhrmachermeister war. Das war nicht zu übersehen. An der Wand gegenüber hingen Exemplare aller Art. Und in einer Vitrine gab es jede Menge Armbanduhren.
»Da staunen Sie, was? Ja, ich hab' eine ruhige Hand und gute Augen. Ich kann immer noch die kleinsten Zifferblätter selbst bestücken«, bemerkte der Hundertjährige stolz. »Das ist unglaublich, klasse«, antwortete sie voller Hochachtung. Sie selbst musste schon mit 43 Jahren beim Lesen eines Buches eine Lesebrille zücken. Und beim Studieren von Gemeinderatsunterlagen wünschte sie sich ab und zu, dass ihr Arm noch ein wenig länger sei. Ihr fiel auf, dass es sehr ordentlich in der Wohnung war. »Führen Sie ihren Haushalt allein - oder haben Sie jemanden, der Sie unterstützt?«, erkundigte sie sich. »Papperlapapp, das mach' ich selbst! Mir kommt niemand Fremdes ins Haus. Und Haushälterinnen können schnell mal ein Eigenleben entwickeln. Im wahrsten Sinn des Wortes«, kicherte der Mann in seinen Bart.
»Was für ein fieser Typ«, dachte sich Ira. »Und wenn dann mal was passiert, hoppla, da ist dann plötzlich ein Stammhalter da«, kicherte der Mann weiter. Dabei schaute er sie aus seinen wässrigblauen Augen listig an. Plötzlich stand er auf und flitzte flink wie ein Wiesel zum bodentiefen Fenster. »Da, kommen Sie her!«, winkte er sie herrisch zu sich. Ira stand widerwillig auf und ging zu ihm. Sie blickte ebenfalls aus dem Fenster. Gegenüber im Nachbarhaus sah man ein älteres Paar heftig

debattieren. Sie hatte die Arme verschränkt und einen verächtlichen Gesichtsausdruck. Er schien ihr gut zureden zu wollen. »Im Sommer sieht man nichts, alles zugewachsen. Aber jetzt, im Winter, hab' ich einen richtigen Logenplatz. Ich krieg' alles mit. Und da drüben ist im Moment der Teufel los!«, berichtete der kleine Mann. Es war ihm anzusehen, dass es ihm einen Heidenspaß machte, seine Nachbarn zu bespitzeln. »Wozu brauch' ich einen Fernseher? Ich hab' doch ein Fenster. Da ist alles dabei. Liebesgeschichten, Lügen, Hass, Romantik, Märchen – und seit neuestem Mord und Totschlag«, kicherte er wieder und strich sich mit der Hand liebevoll über den weißen Spitzbart. »Wieso Mord und Totschlag«, blickte Ira ihn erstaunt an. »Na, ihre Tochter ist gestern ermordet worden. Das hübsche Ding. Sie hat ihren großen Bruder immer ‚Basti' gerufen. Im Sommer hab' ich das süße Wesen zwar nicht gesehen, weil die Sträucher Blätter hatten, aber ich hab' sie immer rufen gehört. Glockenklare Stimme. Sehr aufgeweckt. Das Brüderchen ist eher ein Bähmull (für alle Nichtschwaben: ein Langweiler und Weichei), genauso ruhig wie der Vater. Klar, dass die Frau Mama die Hosen an hat. Letzte Nacht kam die Polizei. Es war sehr spät, ich wollte gerade zu Bett gehen. Ein großer, stämmiger Mann und ein kleiner Wicht. Heute Morgen waren die beiden schon wieder da. Und jetzt geraten gerade der Sohn und der künftige Schwager hörbar aneinander. Wie Feuer und Wasser. Ach so, das mit dem künftig hat sich ja wohl erledigt.

Uiuiui, da braut sich mächtig was zusammen. Ja, ja, die Sünden der Vergangenheit. Alles kommt irgendwann ans Tageslicht, nicht wahr?«, rieb er sich voller Vorfreude die Hände. »Was für Sünden?«, bohrte Ira weiter und legte dabei ihren unschuldigsten Blick auf. »Ach Mädel, ihr Jungen meint, dass ihr ganz schlau seid. Aber von den Alten könnt ihr noch alle was lernen« orakelte er. »Mir ist klar, dass wir gegen ihre Lebenserfahrung nicht anstinken können«, schmeichelte die Journalistin. Sie nahm es gelassen, dass sich das kleine Männchen vor ihr aufblies – die Information, die dabei heraussprang, könnte es wert sein. »Nein, wirklich nicht«, pflichtete er ihr bei. »Das liebe Geld und die Ehre sind der Dreh- und Angelpunkt. Deshalb hab' ich nie geheiratet. Und ein Kuckucksei würde ich mir auch nicht unterjubeln lassen. Sodom und Gomorrha«, blickte er kopfschüttelnd hinüber zum Nachbarhaus.
Ira wollte was entgegnen, doch er schnappte sie am Arm: »So, Mädel, die Zeit ist um. Ab nach Hause. Ich habe nichts mehr zu sagen. Alles Wichtige steht auf dem Blatt.« Seine Gestik verriet überdeutlich, dass er das Gespräch als beendet ansah. Verdutzt über das abrupte Ende der Unterhaltung, schnappte sich Ira ihre Tasche und ging in Richtung Tür. »Aber ich möchte noch ein Foto von Ihnen machen«, bat sie. Doch er schüttelte den Kopf, ging zu einer Kommode im Hausgang, zog eine Schublade auf und holte ein Foto von sich heraus. »Hab' ich extra machen lassen. Können sie für den Artikel nehmen.« Mit diesen Wor-

ten streckte er ihr das Bild entgegen. Ira nahm es und ließ es in ihre Tasche gleiten. Er tippelte mit seinen kleinen Schritten zur Haustür und öffnete sie. »Na dann, viel Spaß beim Schreiben. Bin gespannt, was ich zu lesen kriege«, verabschiedete er die Journalistin kichernd. Ira ging hinaus – und hinter ihr fiel augenblicklich die Tür ins Schloss. »Jetzt geht er zu seinem Lagerfeuer und tanzt drumherum«, dachte sie spöttisch. »Und morgen holt er der Königin ihr Kind!«
Sie blickte gen Himmel und der Nieselregen benetzte ihr Gesicht. Kurz entschlossen ging sie die Straße entlang, bis sie zur Auffahrt des Nachbarhauses gelangt war. Dort schaute sie auf den Briefkasten und las den Namen »Goldbauer«. Das war die Bestätigung ihrer Vermutung. »Wird Zeit, dass ich mich mit Peter unterhalte. Mal sehen, was es Neues gibt.«

Kapitel 13

Peter Brand und Hermann Wöllnert saßen auf einem schmuddeligen Sofa und trauten ihren Ohren nicht. Soeben hatte Martha Zander, die Schwester von Gabriele Zander-Fillt, deutliche Worte zum Tod ihrer Schwester gefunden. Sie saß den beiden Kommissaren gegenüber und nickte immer wieder selbstgerecht mit dem Kopf. »Das hat Sie verdient. Ich wusste immer, dass Gott sie irgendwann richten wird!« Als die Polizisten ihr die Todesnachricht überbracht hatten, umriss die kleine, ungepflegte Frau in gut fünf Minuten das Leben ihrer Schwester. Und dabei hatte sie kein gutes Haar an ihr gelassen. Mit Attributen wie »liederlich«, »gottlos«, »menschenverachtend« oder »falsch« und »berechnend« hatte sie ihre Blutsverwandte beschrieben.

»Die beiden waren definitiv nicht auf Kuschelkurs. Die haben sich gehasst«, überlegte Peter. Der Blick auf seinen Kollegen zeigte ihm, dass Hermann ähnliches durch den Kopf ging. Gabriele Zander-Fillt hatte ihr Leben lang als Haushälterin gearbeitet. Zuerst bei einer gutbürgerlichen Familie in Schwäbisch Gmünd, später bei einem Adligen auf einem Gutshof im Göppinger Raum. Letzteres hatte ihnen die Tote selbst gesagt, als sie sie zum Tod von Carmen Goldbauer vernommen hatten. Doch jetzt zeichnete die eigene Schwester ein Bild von der Toten ab, das düsterer nicht hätte sein können. »Sie dachte immer nur an sich. Sie war berechnend, immer auf ihren eigenen Vorteil bedacht. Nichts konnte sie aufhalten. Als Gott sie schuf, hat er ihr einen Stein anstatt eines Herzens eingesetzt«, meinte Martha Zander bitter. »Bereits unsere Eltern haben das erkannt – und sie mehr oder weniger aus dem Haus gejagt.«

»Seit wann wohnen Sie zusammen«, erkundigte sich Peter.

»Seit meine Schwester – die Gott bestimmt nicht selig hat – in Rente ging. Erst seit wenigen Monaten also. Sie war der Ansicht, dass es besser sei, zusammen ein Haus zu nehmen, als beide allein in einer Wohnung zu wohnen. Ich dachte zuerst, dass sie aufs Alter vielleicht doch noch ihr Herz entdecken würde. Aber weit gefehlt. Sie schaute auf mich herunter. Ich erhielt keinerlei Unterstützung von ihr. Würde nicht jeden Morgen und jeden Abend die Sozialstation Schwäbischer Wald zu mir kommen – ich müsste in ein Pflegeheim. Sie dagegen ging voll in ihrer Gewandmeisterei auf. Gabriele brauchte es einfach, andere kommandieren zu können. Außerdem war sie ganz scharf darauf, den Ehrenamtspreis zu bekommen. Sie legte Wert auf Titel. Ihren Adligen hat sie ja nie rumgekriegt.« Bei ihren letzten Worten schlich sich ein verschmitztes Lächeln auf ihre Lippen. Was den Kommissaren natürlich nicht entging. Peter Brand hakte nach. »Wie meinen Sie das mit dem Adligen?«

Martha Zander blickte ihn an. »Nun, wie soll ich das meinen? Sie hatte einfach kein Glück mit den Männern in ihrem Leben. Der eine war verheiratet und wollte dann plötzlich nichts mehr von ihr wissen, da er doch seine Frau liebe. Ihr eigener Ehemann starb nach zwei Jahren und ihr Dienstherr hatte sein Leben lang eine große Liebe, die für ihn unerreichbar war. Also blieb er lieber als Junggeselle zurück, der seine Herzdame aus der Ferne anbetete«, zog sie die Schultern hoch. »Meine liebe Schwester zog immer den Kürzeren. Wann kann ich sie beerdigen, damit sie vielleicht doch noch zu Gott findet?«, blickte sie die beiden Kommissare fragend an.

»Das wird noch etwas dauern, die Leiche ist noch in der Gerichtsmedizin. Wir geben ihnen Bescheid«, erklärte Peter Brand. »Wollen sie denn gar nicht wissen, wer ihre Schwester ermordet hat?«, wunderte er sich über Martha Zander. »Tot ist tot. Sie hat sich ein Leben lang keine Freunde gemacht. Der Herr weiß, was er tut«, schüttelte die Gefragte mit dem Kopf. Die beiden Kommissare standen auf. »Dann stören wir Sie nicht länger. Trotzdem nochmals unser herzliches Beileid«, gingen sie zu ihr und streckten ihr die Hände hin. Sie schüttelte beide und stellte fest: »Schon gut. Theater spielen liegt mir nicht. Sie ist tot, Punkt.« Sie wies zur Tür und stellte fest: »Sie finden allein hinaus? Dann muss ich mich nicht bemühen?« Ohne auf eine Antwort der beiden Polizisten zu warten, bewegte sie sich in Richtung Fenster.

»Selbstverständlich«, nickten beide und verließen die Wohnung. Auf dem Weg zum Auto drehten sie sich nochmals um. Martha Zander hatte den Vorhang zurückgezogen. Als sie sah, dass die Polizisten zu ihr blickten, winkte sie ihnen zum

Gruß. Dann griff sie seitlich an die Räder ihres Rollstuhls und entfernte sich vom Fenster.
»Die fällt als Mörderin aus. Im Rollstuhl kann man nicht zur Gewandmeisterei gehen, dort einen Mord begehen und dann wieder gemütlich nach Hause rollen«, bemerkte Peter Brand, als er sich ins Auto setzte.
»Auch wenn sie wohl keine Liebe für ihre Schwester empfand, würde ich ihr auch so auf keinen Fall einen Mord zutrauen. Schätze mal, dafür ist sie zu gläubig«, stimmte Hermann ihm zu. Mit Blick auf seine Uhr schlug er vor »Feierabend zu machen«. Peter stimmte zu: »Hast Recht. Es ist bereits fast acht Uhr. Und ich hab' einen Bärenhunger. War ein langer Tag. Morgen sehen wir, wie wir weiterkommen.«
Er setzte Hermann am Revier ab und fuhr nach Hause. Er hoffte inständig, dass Ira bereits da ist. Er brauchte jemanden zum Reden. »Der Einzug bei Ira war eine gute Idee«, freute er sich, dass er sich nun nicht mehr extra mit ihr verabreden musste, wenn er sie sehen wollte. Seine Stimmung verbesserte sich sekündlich, als er die Haustür aufschloss und ihm Ira bereits auf der Treppe mit einem fröhlichen »Hallo, mein Schatz« entgegenkam. Sie drückte ihm im Vorbeigehen einen dicken Schmatzer auf die Wange und entschwand mit einem großen Karton bewaffnet in Richtung Keller. »Hallo Liebling«, blieb er glücklich stehen und schaute ihr nach. Dann erklomm er die Stufen hinauf zur Wohnung, zufrieden vor sich hinlächelnd.

Er war dermaßen auf Wolke sieben, dass er glatt übersehen hatte, was sich in dem Karton befand, den Ira in den Keller schleppte: Seine geliebte Plattensammlung.
»Puh, Glück gehabt«, atmete Ira erleichtert auf, als sie im Keller angekommen war. Schelmisch grinste sie vor sich hin.
»Mal sehen, wann der Gute bemerkt, dass nicht nur seine Platten weg sind ...«, überlegte sie. Den Karton platzierte sie neben einigen anderen auf einem Regal, die sie bereits heruntergetragen hatte. Aus ihnen spickten Pokale, gerahmte Urkunden, Spielkarten und ähnliche Dinge hervor.
»Das war's für heute, jetzt mutier' ich zur liebevollen Partnerin«, nahm sie sich grinsend vor. Sie machte das Licht im Keller aus, ging die Treppe zur Wohnung hoch und eine Woge der Zufriedenheit durchströmte sie. »Ich kann wirklich zufrieden sein«, lächelte sie. Die Zufriedenheit hatte jedoch weniger mit Peter, als mit den vollen Kartons im Keller zu tun! »Ich krieg' da schon noch Ordnung rein«, sagte sich die Journalistin selbstbewusst, während sie die Wohnung betrat.

Kapitel 14

Ira zog mit sichtlichem Vergnügen ihre Pizzaecke gen Zimmerdecke. Der Käse bildete herrlich lange Fäden. Peter saß ihr gegenüber und löffelte den Rest der Sahnesoße aus, die es zu seinen Tortellini gegeben hatte. »Ein Hoch auf die italienische Küche«, murmelte Ira mit vollem Mund. »Du weißt ja, ab 200 Gramm wird's undeutlich«, neckte er sie amüsiert. Für ihn war die Welt wieder in Ordnung. Auf dem Tisch stand eine halbvolle Flasche Montepulciano D'Abruzzo, in seinem Bauch machten es sich die italienischen Teigwaren gemütlich und ihm gegenüber saß die Frau, die er von ganzem Herzen liebte. Ira fing seinen Blick auf, während sie mit dem geschmolzenen Käse kämpfte, der es sich auf ihren Lippen gemütlich gemacht hatte.
»Na, Herr Kommissar, zufrieden?«, schmunzelte sie ihn an, während sie an ihren Lippen herumwischte.
»Oh ja«, antwortete dieser - und nahm den letzten Löffel Soße.
»Man sieht's«, blickte Ira amüsiert auf den Sahnefleck auf Peters Hemd, der gut sichtbar neben der Knopfleiste prangte. Peter schaute an sich hinab. »Mist!«, schimpfte er und versuchte mit einem Stück Küchenrolle, das ihm als Serviette gedient hatte, den Fleck zu entfernen. Was zur Folge hatte, dass dieser nur noch größer wurde. Ira amüsierte sich köstlich. »Jetzt lass' das, Du reibst ihn nur noch mehr ein.

Zieh lieber Dein Hemd aus und wasch es gleich aus!«, riet sie ihm. »Wieso ich, Du bist doch die Hausfrau«, konterte Peter lauernd. »Träum weiter, Macho!«, warnte sie mit wegwerfender Handbewegung. »Na weißt Du, deshalb bin ich doch hier eingezogen. Wäsche machen ist Frauenarbeit«, stellte Peter sich stur, war aber schlau genug, sich schnellstens vom Sofa zu erheben. Ira war prompt auf dem Sprung, um ihre emanzipatorische Ehre zu verteidigen. Schallend lachend rettete Peter sich ins Bad, nicht, ohne kurz die Tür einen Spalt zu öffnen und sein Hemd auf den Boden des Flurs zu werfen. »Dann kannst Du Dich gleich darum kümmern«, rief er durch die geschlossene Tür. »Natürlich mein Schatz«, kam Ira in den Flur und schnappte sich mit süßem Lächeln das Hemd. Bei diesem handelte es sich um eines der altmodischen Exemplare, die sie ohnehin nach und nach aus Peters Schrank ausmusterte. Natürlich ohne dass er es bemerkte. »Mit Freuden«, flötete sie und entschwand in Richtung Küche. An ihren Schritten hörte er, dass sie kurze Zeit später wieder im Flur war, kurz stehenblieb und dann ins Wohnzimmer ging. Peter blickte verdutzt in den Spiegel. »Was hat sie vor, die ist doch nicht umsonst so freundlich«, überlegte er. Misstrauisch geworden, öffnete er nach etwa einer Minute leise die Tür und schielte in den Flur. Da lag sein Hemd wieder auf dem Boden. Er schnappte es sich und hob es hoch. Tatsächlich, der Fleck war nicht mehr zu sehen. Dafür hatte das Hemd nun ein fein säuberlich heraus geschnittenes Loch.

»Ich habe den Fleck entfernt, wie Du befohlen hast, großer Meister«, hallte es aus dem Wohnzimmer an seine Ohren. Peter konnte nicht anders, er brach in schallendes Gelächter aus. Ja, das war sein Mädel. Man musste bei ihr schon ganz genau aufpassen, was man sagte. Denn sie blieb nie eine Antwort schuldig.
»Ich konnte das Hemd sowieso nie leiden.« Mit diesen Worten ging er in die Küche und warf den zerschnipfelten Stoff kurzerhand in den Mülleimer. »So, jetzt seid ihr zwei wieder vereint«, flüsterte er dem Stück Stoff, den Ira herausgeschnitten und ebenfalls in den Mülleimer geworfen hatte, leise zu.
Ira hatte mittlerweile den Tisch abgeräumt. Nur die beiden Weingläser samt Flasche standen noch dort. Einladender hätte es nicht aussehen können. Peter ließ sich aufs Sofa fallen und kuschelte sich an Ira. »So, wenn Du magst, kannst Du mir ja von Deinen beiden Fällen erzählen«, ermunterte sie ihn. Peter ließ sich nicht zweimal bitten – und legte los. Er schilderte den Tag, erzählte von der toten Frau Zander-Fillt, ihrer Schwester und vom Anruf des Gerichtsmediziners, der eine gute Nachricht parat gehabt hatte: An der Leiche von Carmen Goldbauer konnte eine fremde DNA sichergestellt werden. Der Abgleich mit der Toten habe gezeigt, dass die Person tatsächlich eine Fremde war. »Na, dann fallen schon mal die Familienmitglieder aus«, überlegte Ira. Vater und Bruder müssten eigentlich ähnliche DNA haben, sie sind ja blutsverwandt.«

»Du bist halt meine Schlaue«, nickte Peter und streichelte ihr über den Kopf, als wäre sie ein kleines Kind. Was Ira natürlich überhaupt nicht witzig fand. Zumal er gegen den Strich streichelte – und ihre Haare sofort in alle Richtungen standen. Entrüstet richtete sie sich auf: »Also wirklich, Du weißt, wie viel Zeit ich für meine Frisur aufwende!« Peter amüsierte sich köstlich. »Zwei Minuten waschen, eine Minute föhnen, eine halbe Minute mit den Fingern durchfahren, fertig!« Im Gegensatz zu seiner Ex. Die war eitel bis zum Abwinken. Wobei er so manches Mal wähnte, dass sie ein Verhältnis mit den italienischen Badfliesen hatte – denn so viel Zeit verbrachte sie mit ihnen. Ira dagegen konnte binnen einer Minute fertig angezogen sein, bereits auf dem Weg zu einem Unfall oder Brand, um ein Bild zu machen. Und sah trotzdem immer zum Anbeißen aus. Wie sie das schaffte, war wohl ihr Geheimnis.
Die Journalistin riss ihn aus seinen Gedanken. »Jetzt müsst Ihr aber von vorn anfangen. Das Motiv kann ja wohl nicht in der Gewandmeisterei liegen. Ich glaube kaum, dass ihre Mutter jetzt Frau Zander-Fillt umgebracht hat, um an den Ehrenpreis zu kommen. Das ist zu banal. Aber was steckt dahinter. Ich schätze mal, dass beide Morde miteinander zu tun haben, und dass der Täter derselbe war«, dachte Ira laut nach.
»Was ist das Hauptmotiv bei Morden allgemein? Geld und Hass«, antwortete Ira selbst und schaute Peter fragend an.
»Stimmt«, nickte der Kommissar. »Und meist ist

der Mörder im Familien- oder Bekanntenkreis zu suchen. Schade nur, dass die DNA nicht darauf hindeutet, dass es jemand aus der Familie ist«, bedauerte er. »Morgen hören wir uns im Architekturbüro um. Und unterhalten uns mit dem Verlobten. Der müsste ja inzwischen aus Baden-Baden angekommen sein«, kündigte er an.

»Wer weiß, vielleicht ist er ja gar nicht in Baden-Baden gewesen. Hat sich nur die Architektentochter geangelt, um von seinen Spielschulden im Casino wegzukommen – und hier in Gmünd neu anzufangen. Hat sich dann mit dem Bruder angelegt, der ihn damit erpresste, der Schwester alles von den Schulden zu sagen. Kam durch Zufall dahinter, weil er einen Bekannten in der Kurstadt hat. Dabei erwischte er den Schwager in spe, wie er mit einer Fremden im Casino rumknutschte und dabei einen Sack voll Geld verspielte …«, überlegte Ira.

»Du und Deine Fantasie! Du solltest Bücher schreiben! Ich denke mal, jetzt hören wir auf mit der Motivsuche und widmen uns wichtigeren Dingen. Könntest Du mir noch einen Wein einschenken«, bat Peter Ira. »Im Übrigen ist Deine Theorie Unsinn. Denn dann hätte ja wohl der Verlobte seinen künftigen Schwager umgebracht. Wer schlachtet denn eine goldene Gans«, erläuterte Peter. Er hatte noch nicht bemerkt, dass Ira mit diesem Thema längst abgeschlossen hatte. Sie schaute ihn verwundert an. »Du bist wirklich ein alter Mann, wenn Dir beim Thema »wichtiger« nur noch Wein einfällt!« Der Kommissar kapierte

gar nichts. »Aber deshalb steht doch die Flasche auf dem Tisch, ich dachte, wir genehmigen uns noch …« Weiter kam er nicht, denn während er noch versuchte, den Sinn von Iras Anspielung zu verstehen, zog sich diese plötzlich den Pullover über den Kopf. Und saß ihm in einem verführerisch schwarzen Spitzentop gegenüber. Da endlich fiel ihm der Groschen.
»Von wegen alter Mann!«, entrüstete er sich theatralisch und zog sie zu sich her. Sie knöpfte ihm während eines sehnsüchtigen Kusses das Hemd auf und ihre Hände glitten fordernd zu seinem Hosenbund hinab. Sie öffnete mit flinken Fingern den Reißverschluss und ließ ihre Hand hineingleiten. »Du weißt, wie man aus einem müden Krieger einen aufrechten Highlander macht«, stöhnte Peter. Ira grinste ihn unverschämt an. »Worauf Du Dich verlassen kannst!«
Die Gedanken an die Morde in Gmünd gerieten für den Rest des Abends komplett ins Hintertreffen.

Kapitel 15

»Es geht doch nichts über ein ausgiebiges Frühstück«, schwärmte Ira. Peter grinste und blickte vor sich auf den Tisch. Auf diesem standen zwei Kaffeebecher und eine Vase, in der eine bedauernswerte Tulpe mit hängendem Kopf steckte.
»So, jetzt muss ich aber«, sagte er und stand auf. »Was steht bei Dir heute an?« Ira überlegte kurz. »Ich muss noch einen Text für eine Sonderveröffentlichung machen, hab' dann ein Pressegespräch und noch eine Gemeinderatssitzung in Heuchlingen.«
»Na, dann wird's Dir auch nicht langweilig«, tröstete er Sie. Ira nickte. »Mit Sicherheit nicht. Und bei Dir? Wie geht's weiter mit Deinen zwei Mordfällen?« Peter zog die Nase kraus und fuhr sich durch die Haare. »Jetzt gibt's erstmal eine ausführliche Besprechung. Wir müssen alle Befragungen besprechen. Die Kollegen waren fleißig am Werk. Alle Näherinnen haben Aussagen gemacht. Allerdings kommt dabei nicht allzu viel heraus, schätze ich. Nachdem Frau Zander-Fillt jetzt auch nicht mehr unter uns weilt, brauchen wir einen neuen Ansatz. Vor allem vom Besuch im Architekturbüro versprech' ich mir neue Erkenntnisse. Von Kollegen erfährt man meist mehr, was hinter den Kulissen abgeht, als von Familienmitgliedern. Ach ja, und dann sprechen wir heute mit dem Verlobten«, senkte er seine Stimme. Er hatte Ira von der Schwangerschaft Carmen Goldbauers erzählt.

Ira stand auf und legte den Arm um ihn. Sie wusste, wie sehr ihm so etwas zu schaffen machte. Da der Verlobte ja wohl der Vater war, musste Peter ihm beim Gespräch von der Schwangerschaft berichten.

»Nimm's nicht so schwer«, versuchte sie ihn aufzumuntern. Sie gab ihm einen Klaps aufs Hinterteil. »Ab mit Dir, die Arbeit ruft«, neckte sie und blickte ihn mit strengem Blick an. Eigentlich hatte sie ihm noch von dem Hundertjährigen Nachbarn der Goldbauers erzählen wollen, doch die beiden waren am Abend zuvor anderweitig beschäftigt. Heute Abend würde sie ihm von dessen Ansichten erzählen. Das hatte Zeit. Jetzt musste er wirklich los. »Und vergiss nicht, brav Deine Berichte zu schreiben«, rief sie ihm hinterher, als er die Wohnung verließ. Eine Arbeit, die er hasste. Regelmäßig ärgerte er sich über Krimis im Fernsehen. In diesen waren die Kommissare ständig auf Tour, hatten wilde Verfolgungsjagden und waren permanent im Gespräch mit irgendwelchen Zeugen. Vom lästigen Bürokram sah man nie etwas. Es standen auch nie Ordner auf den Schreibtischen, gefüllt mit unzähligen Gesprächsprotokollen. Doch gerade die Berichte der Ermittler waren schließlich das, was bei Gerichtsverhandlungen am wichtigsten war. Und einer musste sie ja schreiben! Erst kürzlich hatte eine von Iras Kollegen aus der Aalener Redaktion über diesen Büroalltag bei der Kriminalpolizei einen Artikel geschrieben. Sehr zur Freude von Peter. »Euch kann man ja richtig brauchen«, hatte er nach dem Durchlesen zufrieden festgestellt.

Er drehte sich auf der Treppe um und warf Ira eine Kusshand zu. »Danke, dass Du mich daran erinnerst! Kümmer Du Dich um den Haushalt – und vergiss nicht, die Tulpe auf dem Tisch von ihrem Leiden zu erlösen«, neckte er.

»Hau ab«, konterte Ira.

»Es ist gerade Deine Liebenswürdigkeit, die ich so sehr an Dir schätze«, spottete Peter, ehe er die Haustür hinter sich zuzog.

»So, womit fang' ich jetzt an?«, fragte sich Ira, während sie zurück ins Esszimmer ging. Kurzerhand schnappte sie sich die bedauernswerte Tulpe und warf sie in den Biomüll. Die Vase schwenkte sie mit frischem Wasser aus und stellte sie aufs Regal. »So, genug der Hausarbeit. Was war ich jetzt wieder fleißig«, lobte sie sich. Dann führte sie der Weg ins Arbeitszimmer, wo sie ihr gnadenlos überladener Schreibtisch empfing. Frei nach dem Motto »Wer aufräumt, ist nur zu faul zum Suchen – das Genie überblickt das Chaos«, hatte es sich die Journalistin zur Gewohnheit gemacht, alle aktuell zu bearbeitenden Dinge auf der linken Seite zu platzieren. Folglich stapelten sich dort Prospekte, ausgedruckte E-Mails und andere Unterlagen. Ira setzte sich und begann den Papierstapel zu untersuchen. »Ich bin mir sicher, dass ich es hier draufgelegt habe«, sagte sie und suchte die Unterlagen des Architekten über eine Schulsanierung, die sie nach kurzer Durchsicht des Stapels mit einem triumphierenden »Na also!« aus dem

Stapel hervorzog. Was zur Folge hatte, dass sich dieser, seiner Stabilität beraubt, munter auf dem Schreibtisch breitmachte. »Mist!«, versuchte Ira die Blätter wieder so zusammenzuschieben, dass sie erneut einem Stapel ähnelten. Was ihr nach erheblichem Aufwand auch gelang. Sie fuhr den Computer hoch und machte sich an die Arbeit.
»Das ist mir noch zu wenig Info. Ich ruf' lieber noch den Architekten an«, beschloss sie nach fünf Minuten. Sie hatte zwar hervorragende Informationen über die Anzahl der Kubikmeter umbautem Raum oder Elektroinstallationen und eingebaute Akustikdecken, aber es fehlten ihr noch Fakten wie etwa das Baujahr der Schule oder auch die Quadratmeterzahl der Räume. Ira war zwar eine schlechte Hausfrau und lausige Köchin, aber wenn es um die Arbeit ging, legte sie Wert auf Qualität und gute Recherche. Entschlossen griff sie zum Telefon – und hatte Glück. Der Architekt war im Büro und hatte Zeit für sie. Man kannte sich schließlich schon viele Jahre. So begann das Telefonat mit einem netten Plausch, bevor es um die Schulsanierung ging. Gerade wollte sich Ira nach den für den Text relevanten Dingen erkundigen, da wurde der Architekt noch einmal privat.
»Frau Sander, wenn ich Sie schon an der Strippe habe, wissen Sie Näheres über die Tochter von Goldbauers?« Ira stutzte. Es war doch erst eineinhalb Tage her, dass die Leiche gefunden worden war, überlegte sie. Doch dann fiel ihr ein: »In Architektenkreisen geht das natürlich schnell rum. War ja quasi seine Kollegin.« Wie zur Bestätigung

ihrer Überlegungen stellte der Planer am anderen Ende der Leitung klar: »Ich bin mit ihrem Vater seit Jahrzehnten befreundet. Unsere Kinder wuchsen zusammen auf. Aber seit ich umgezogen bin, sehen wir uns nur noch geschäftlich. Schade. Natürlich will ich die Goldbauers nicht behelligen. Ich habe ihnen mein Beileid ausgesprochen – mehr nicht. Aber sie, liebe Frau Sander, wissen vielleicht mehr über die Geschichte. Sie sind doch bei der Zeitung?« Ira musste schmunzeln. Was sie wusste, wusste sie natürlich von Peter und nicht aus der Redaktion. Klar, dass sie ihre Infos nicht an Dritte weitergeben würde. Laut sagte sie: »Nein, ich weiß nichts Näheres. Es ist eine schlimme Geschichte.«
»Oh ja, es ist wirklich tragisch. Wir im Büro sind alle sehr schockiert. Zumal die Goldbauers ja einen Riesenauftrag für die Umgestaltungen zur Landesgartenschau an Land gezogen haben. Wie das jetzt wohl weitergeht? Die Nachfolge ist ja auch nicht mehr gesichert!«
Die Journalistin lauschte – und hakte nach: »Wie meinen Sie das mit der Nachfolge?«
»Na, die Tochter und der Schwiegersohn hätten doch das Büro übernehmen sollen. Jetzt ist die Tochter tot – und somit gibt es auch keinen Schwiegersohn. Und den Sohn, den kann man streichen.«, kam die prompte Antwort.
Da ging Ira ein Licht auf. Das war es, was ihr Albert Goldbauer damals gesagt hatte! Seine Tochter würde in naher Zukunft das Büro übernehmen. »Und dann können sie ja über sie in der Wirt-

schaftszeitung schreiben. In ihrer Rubrik »Starke Frauen aus der Region«, hatte er vorgeschlagen. Natürlich, das war's!

»Warum kann man denn den Sohn streichen?«, fragte Ira, plötzlich hellwach, obwohl sie erst einen Kaffee intus hatte.

»Nun, der ist seit drei Jahren in einem anderen Büro. Hat sich wohl mit den Eltern überworfen. Ich kann mich noch erinnern, dass Albert Goldbauer damals sehr traurig war über den Weggang. Im Gegensatz zu seiner Gattin. Die stand immer hinter der Tochter«, erläuterte der Architekt. »Ist ja auch verständlich«, schloss er.

»Klar, die Frauen halten immer zusammen«, lachte Ira.

»Wenn sie das so sehen«, bemerkte der Gesprächspartner zögernd und wechselte abrupt das Thema: »So, Frau Sander, genug getratscht. Was möchten Sie wissen zur Schulsanierung?«

Ira stellte ihre Fragen, machte Notizen, bedankte sich herzlich und beendete schließlich das Gespräch. Als sie den Hörer aufgelegt hatte, raufte sie sich die Haare. Gut, dass es kein Bildtelefon gewesen war. Denn der Architekt hätte so eine ganz andere Frau Sander gesehen, als die, die er auf den Terminen traf. Ira trug ein Big-Shirt, Peters Jogginghose und ihre rosafarbenen Plüschhausschuhe. Ungeschminkt und mit völlig verstrubbelten Haaren hätte der Architekt sie sicher kaum erkannt.

Ira kam ins Grübeln. Was hatte sich abgespielt, dass der Sohn nicht die Nachfolge im Büro antrat?

Warum die Tochter und der Schwiegersohn? Die Mutter musste ja eine ganz schöne Emanze sein, wenn sie ihre Tochter anstatt ihres Sohnes im Chefzimmer sehen wollte! Gewöhnlich ist da doch eher der Stammhalter dran! Beim Gespräch über die Goldene Hochzeit hatte eher Herr Goldbauer das Wort geführt. Die Gattin war zurückhaltender gewesen – aber durchaus freundlich. Komisch. Was hatte Nachbar Rumpelstilzchen noch erzählt? Wie hatte die liebliche Schwester den Bruder immer genannt? Basti? Hieß der also Sebastian? Ira überlegte. Hatte der nicht anders geheißen? Plötzlich hatte sie eine Idee. Sie hatte den Artikel über die Goldene Hochzeit nicht in der Redaktion, sondern zuhause geschrieben. Folglich musste der Text noch in ihren eigenen Dateien gespeichert sein. Sie öffnete die Ablage und gab den Suchbegriff »Goldene Hochzeit« ein. Gleich mehrere Artikel gab es da zur Auswahl. Ira klickte alle an, fand aber leider nicht das Jubelfest der Goldbauers. Sie überlegte, wann dieser Artikel erschienen war. Das war rund ein halbes Jahr her. »Mist, da hatte ich den Virus drauf und war doch in die Redaktion gefahren, weil die Hälfte des Textes verschwunden war«, erinnerte sie sich plötzlich. »Kein Problem, den Stauferboten gibt's ja komplett im Internet zu lesen. Da werd' ich den Artikel auf jeden Fall finden!«, sagte sich Ira und wollte sich gerade ins Internet einwählen, da klingelte das Telefon. Es war die Redaktionssekretärin. »Hallo Ira. Wir haben da heute Abend ein Terminproblem. Jan Struch hat keine Zeit, nach Amalienstadt zur Bürgerversammlung zu gehen.

Der Chef meint, Du solltest deshalb lieber dort hin, als nach Heuchlingen. Der Termin wird anders besetzt«, informierte sie.
»Was steht denn bei der Bürgerversammlung als Thema an?«
»Windkraft«, kam die Antwort. Die Journalistin verzog das Gesicht. »Schon wieder?!« Ihre Begeisterung hielt sich in Grenzen. In der vergangenen Woche hatte das Thema in Eschach, Ruppersthofen und Alfdorf auf der Tagesordnung gestanden. Ira fand es schon langweilig, immer dasselbe zu schreiben. Etwa, dass die neue Landesregierung regenerative Energie bevorzugt. Oder dass, sofern die Gemeinden nicht selbst Flächen für Windkraft ausweisen, die Investoren bauen können, wo sie wollen.
Die Sekretärin lachte: »Du bist wirklich ein armer Tropf. Ich weiß, irgendwie musst Du immer zu den Terminen, auf denen es um Windkraft geht. Aber seh's doch mal so, Du wirst dadurch zur Expertin.«
»Na toll, das wollte ich schon immer werden«, murrte Ira. Aber sie stimmte dem Tausch zu. Schließlich war es ihr Job, Termine zu machen. Egal, um was es ging! Und wenn sie der Redaktion damit helfen konnte, noch besser.
»Merci. Und einen schönen Gruß vom Chef. Auch er bedankt sich«, freute sich die Sekretärin.
»Gruß zurück – und er soll nicht so viele Nüsse am Schreibtisch knacken. Das gibt Kopfweh«, spöttelte die Journalistin. Was die Sekretärin prompt an den Chef ausrichtete. Verblüfft schaute dieser

auf den Nussknacker und die vielen Nüsse, die vor ihm auf dem Schreibtisch lagen. »Woher weiß die das jetzt schon wieder?«, wunderte er sich. Wobei, Ira wusste ohnehin viel mehr, als er jemals ahnen würde. Der Chef hatte Recht mit dem Gefühl, dass sie ihre Ohren überall hatte. Egal, ob in der Stadt oder auf dem Land, sie bekam einfach mächtig viel mit auf ihren Terminen. Schließlich war sie ja von Haus aus sehr neugierig. Was zumindest für diesen Beruf gut war. So stand sie den fest angestellten Redaktionsmitgliedern eigentlich in nichts nach, wenn es um Informationen ging.
Die Sekretärin versprach, die Unterlagen für den Abendtermin zuzumailen und legte auf.
»Was wollte ich gerade machen?«, fragte sich Ira, die durch das Telefonat den Faden verloren hatte. In diesem Moment flog ein Steinchen gegen ihr Fenster. Sie stand auf und öffnete es. Unten stand Jim – bewaffnet mit einer großen Tüte vom Bäcker. »Darling, wie wäre es mit Frühstück? Ich habe Käsewecken dabei«, rief er zu ihr hoch. »Klasse Idee«, nickte Ira. »In about ten minutes«, kündigte Jim an und ging Richtung Garage.
»Na, jetzt werd' ich noch schnell meinen Schultext in die Redaktion mailen, was frühstücken, und mich aufmachen zum Pressegespräch«, überlegte Ira und drückte den Button »senden« am Computer. Sie ging ins Bad und sorgte mit Shampoo, Duschgel und Make-up dafür, dass sie nach und nach das Äußere eines menschlichen Wesens annahm. Gut zehn Minuten später erklomm sie die Treppe zu Jims Wohnung, wo ihr der verführe-

rische Duft des frisch aufgebrühten Kaffees in die Nase stieg. Solchen Kaffee gab es nur hier. Denn Jim hielt nichts von Automaten oder Pads. Er kochte Wasser ab, häufte Kaffeepulver in den Filter und brühte den Kaffee eigenhändig auf. Einfach himmlisch. Da konnte man die sündhaft teuren Vollautomaten getrost den Hasen geben!
»Was Peter wohl gerade macht?«, überlegte sie, als sie in Jims gemütliches Wohnzimmer eintrat. Dieser stand in der Miniküche am Herd und brutzelte zwei Spiegeleier auf Speck.
»Nach einem Kaffee ohne alles wird es Zeit, dass Du was Ordentliches zu Essen bekommst«, rief er zu ihr. Ira kam in die Küche und blickte ihm über die Schulter. Er hatte bereits auf einem Teller Tomatenscheiben platziert. Soeben schnappte er die Pfanne und ließ die Eier mit Speck hineingleiten.
»Wow, Du bist der Größte«, lobte sie.
»I know«, nickte Jim gutmütig.

Während Ira herzhaft frühstückte, saß Peter an seinem Schreibtisch und verfluchte innerlich seinen Beruf. Soeben hatte er Frank Heidenreich, dem Verlobten von Carmen Goldbauer, von ihrer Schwangerschaft erzählt. Dieser saß seitdem zusammengesunken vor ihm und schluchzte leise. »Den können wir getrost von der Liste der Verdächtigen streichen, der ist total fertig«, ging es Peter durch den Kopf. Dafür brauchte es nicht allzu viel Menschenkenntnis. Ihm gegenüber saß ein Mensch, der sein Liebstes verloren hatte. Zudem hatte der sympathische Mann ein wasserdichtes

Alibi. Er war am Samstagnachmittag in Baden-Baden Zeuge eines Autounfalls auf der Lichtentaler Allee geworden – und hatte um die Zeit, als Carmen Goldbauer brutal ermordet worden war, bei den Kollegen dort auf dem Revier seine Aussage gemacht. Peter lag bereits das Protokoll aus Baden-Baden vor. »Uns gehen die Verdächtigen langsam aus«, ärgerte sich der Kommissar. »Hoffentlich können wir uns ein besseres Bild machen, wenn wir im Architekturbüro waren.« Sein Wunsch verhallte nicht ungehört. Denn er würde dort Dinge erfahren, die beträchtliche Risse in die gutbürgerliche Fassade der Goldbauers kratzten.

Kapitel 16

»Es ist schon mal gut, wenn man die Familie ausschließen kann. Die DNA eines Menschen lügt nicht«, überlegte Jim.
»Stimmt. Aber Peter meinte, dass sie keinerlei weitere Anhaltspunkte haben. Nachdem Frau Zander-Fillt jetzt auch noch umgebracht worden ist, müssen sie mit der Ermittlungsarbeit von vorne anfangen«, klagte Ira. Zusammen mit ihrem amerikanischen Untermieter genoss sie das leckere Frühstück. Dabei hatten sich während ihrer Unterhaltung die Morde in Gmünd zum Hauptthema entwickelt.
»Was sind die Motive für Mord? Doch meist Hass oder Geldgier. Und beides trifft auf die liebe Verwandtschaft zu. Ich schätze mal, dass bei den Goldbauers auch nicht alles so eitel Sonnenschein ist. Peter erzählte mir von der frostigen Stimmung zwischen Mutter und Sohn. Komisch. Dabei ist er der Erstgeborene und Stammhalter. Da müsste er ja eigentlich das Augäpfelchen der Frau Mama sein.« Ira zuckte die Schultern.
»Nun, die Ermittlungen und das Denken sind Sache der Polizei. Darling, Du hast Deine eigene Arbeit. Don't worry, die finden den bösen Buben schon. Schreib Du Deine Artikel und lass Peter ermitteln!«, sagte Jim und hatte seinen berühmten, altväterlichen Blick aufgesetzt. Ihm war klar, dass Ira sich keinesfalls raushalten würde. In der Vergangenheit hatte sie mehrfach bewiesen, dass sie trotz ihrer manchmal verworrenen Überlegungen

auf der richtigen Spur bleiben konnte, und so ihrem Freund wertvolle Tipps gegeben hatte. Einmal war sie sogar in die Fänge eines Mörders geraten und Peter hatte sie erst in der letzten Sekunde aus dessen Klauen befreien können. Zwar hielt sie sich seit dieser Erfahrung etwas zurück, aber helfen wollte sie eben doch.

»Crazy chicken«, brummte Jim laut – und grinste die Journalistin an. Die hatte schon wieder diesen Blick drauf, der irgendwo im Nirwana einen Punkt fixierte. Ihr Gehirn lief auf Hochtouren. Es grenzte an ein Wunder, dass ihr nicht der Rauch aus den Ohren kam. Gerade ließ sie das Gespräch mit dem Hundertjährigen nochmals in Gedanken Revue passieren. Was hatte der noch gesagt? War es Kuckucksei? Oder untergeschobener Stammhalter? Und wie war das mit der Haushälterin? Da müsste Peter mal nachhaken. Ira war sich sicher, dass die beiden Morde in Zusammenhang standen. Wo war der Ursprung? Womöglich in der Vergangenheit? Musste da das Motiv gesucht werden? Auf Iras Stirn zeigten sich zwei längliche, tiefe Falten.

»Musst Du nichts arbeiten?«, riss Jims Brummbass sie aus ihrer Gedankenwelt.

»Was?«, fragte Ira und schaute ihn mit ihren blauen Augen an.

»Welcome in the real world, madam«, amüsierte sich der Amerikaner über ihren Gesichtsausdruck.

»Was meinst Du?«, wiederholte Ira ihre Frage.

»Baby, es wird Zeit, dass Du Dich um Deine Ar-

beit kümmerst. Meinst Du nicht auch?« Jim hielt ihr das Zifferblatt seiner Armbanduhr vor die Nase.
»Ups, Du hast natürlich recht!«, stöhnte Ira, stand auf, ging um den Tisch und gab Jim einen Kuss auf seine Nasenspitze. »Ich wünsch Dir einen schönen Tag«, flötete sie, und eilte aus der Wohnung.
»Crazy chicken«, wiederholte Jim lachend und begann, den Tisch abzuräumen.

In Peters Büro herrschte zur gleichen Zeit Stille. Der Kommissar hatte sich gerade vom Verlobten der jungen Goldbauer verabschiedet. Dieser war eher aus dem Büro geschlichen als gegangen. Mit gesenktem Kopf und traurigem Blick. Sein maßgeschneiderter Anzug, seine feinen Gesichtszüge und seine korrekt gebundene Krawatte ließen ahnen, dass er gewöhnlich selbstbewusst und sympathisch wirkte. Aber die Nachricht vom Tod seiner Verlobten hatte ihn aller Lebensgeister beraubt. Obendrein hatte er Peter erzählt, dass er eigentlich das Büro seines künftigen Schwiegervaters hätte übernehmen sollen, gemeinsam mit seiner zukünftigen Gattin – weshalb seine Zukunft jetzt quasi ebenfalls ausgelöscht war. Zumindest die in Schwäbisch Gmünd.
»Ich habe jetzt keinen Grund mehr, hierzubleiben«, hatte er den Kommissaren mit resigniertem Tonfall erklärt. Er werde wieder in seine Heimat Baden-Baden zurückgehen. Während des Gesprächs hatte sich gezeigt, dass Frank Heidenreich zwar zu sei-

nen künftigen Schwiegereltern ein durchaus herzliches Verhältnis hatte, mit dem künftigen Schwager aber nicht gerade auf freundschaftlichem Fuß stand. Er hatte ganz offen darüber geredet, dass ihn der Bruder seiner Verlobten bereits als »Erbschleicher« bezeichnet und ihm vorgeworfen hatte, dass er seine Schwester nur wegen des Geldes heirate. Wobei ihm offenbar nicht bewusst war, dass Frank Heidenreich in Baden-Baden ein gutgehendes Architekturbüro hatte – ebenfalls seit Jahrzehnten von der Familie geführt.

»Der würde seinen künftigen Schwager am liebsten gleich einlochen lassen«, sagte Peter und blickte zu Hermann Wöllnert, der bequem am Schrank lehnte und während des Gesprächs mit dem Verlobten des Opfers geschwiegen hatte.

»Ich denke, da war einer mächtig eifersüchtig. Heidenreich scheint mir ein Erfolgstyp zu sein, Wolfgang Goldbauer hingegen eher ein Luftikus, der gern Papis Geld ausgibt. Wohl bis die Mutter einen Riegel davorgeschoben hat«, antwortete Hermann.

Peter nickte. »Ja, wir haben gerade einiges erfahren. Frau Goldbauer hat offenbar auch verhindert, dass der Junior das Architektenbüro übernimmt. Echt komisch. Da müssen wir nachhaken. Dabei hatte ich eher den Eindruck, dass der Senior die Hosen anhat, wenn's ums Geschäft geht. Dumm nur, dass Wolfgang Goldbauer nicht der Täter gewesen sein kann. Der Gerichtsmediziner hat das wegen den fremden Blutspuren kategorisch ausgeschlossen.«

»Wäre ja auch zu einfach gewesen. Geschwistermord ist schon aus der Bibel bekannt. Warum nicht auch in einer Architektenfamilie«, stellte Hermann fest. Er wollte weiterreden, doch da öffnete ein Polizist die Tür und schob den Kopf durch. »Ich hab' hier Tamara Fritscher.«
»Wen?«, blickte Peter ihn verständnislos an.
»Na, die Freundin von Wolfgang Goldbauer. Die aus der Näherei, die gestern schon weg war. Ihr wolltet doch mit ihr reden«, sagte der Polizist kopfschüttelnd. Wo waren die beiden Kommissare denn mit ihren Gedanken?
Peter ging als Erstem ein Licht auf. Er klatschte sich mit der flachen Hand an die Stirn. »Man, die hab' ich ja völlig vergessen. Immer rein mit ihr!«, sagte er. Hermann hielt seine Position am Türrahmen inne, blickte gespannt zur gegenüberliegenden Tür – und hatte das Gefühl, eine Erscheinung zu haben: Eine blonde, zarte Göttin schwebte herein. Mit makelloser Figur, einem Barbiegesicht und hochhackigen Stiefeln. Hermann klappte die Kinnlade runter. Peter dagegen begrüßte die junge Dame gelassen. Er stand auf, streckte ihr die Hand entgegen und wies ihr den Stuhl gegenüber von seinem Schreibtisch zu.
»Hallöle«, flötete die Blondine mit piepsiger Stimme. »Sie wollten mit mir sprechen? Da bin ich doch gleich hergefahren«, kicherte Tamara Fritscher, als hätte sie einen erstklassigen Witz gerissen. Hermann machte den Mund wieder zu, was Peter mitbekam. Er kannte seinen Kollegen sehr gut und wusste, dass dieses Geschöpf voll und

ganz in sein Beuteschema gepasst hätte. Gleichzeitig konnte er jetzt Hermanns Gedanken leicht erraten: Was hatte man von blonder Haarpracht, sexy Stiefeln, einer tollen Figur und einem Barbiegesicht, wenn sich herausstellte, dass es dazu leider auch nur ein maßstabgetreues Barbiegehirn gab?

»Sehr freundlich von Ihnen, sich herzubemühen«, widmete sich Peter schnell wieder seinem engelhaften Gegenüber zu. Dieses kicherte schon beunruhigend.

»Ich kann Ihnen nichts sagen zu Frau Zander-Fillt! Ich bin mit den anderen hinausgegangen. Ich hab' gar nichts mitbekommen. Es tut mir wirklich sehr leid«, klimperte sie mit ihren extrem langen schwarzen Wimpern den Kommissar an.

»Eine Frau ihrer Klasse beobachtet doch immer mehr, als sie selbst auf den ersten Blick erkennen kann. Sie sind uns als Zeugin wichtig«, meldete sich Hermann plötzlich zu Wort. Er hatte den Schock verdaut, den ihr geringer IQ ihm versetzt hatte. Jetzt war ihm nach veräppeln zumute. Peter blickte ihn misstrauisch an. Der etwas höhere Tonfall des Kollegen war ihm nicht entgangen. Was hatte denn der vor? Tamara Fritscher rutschte auf ihrem Stuhl aufgeregt hin und her.

»Ist das wahr? Ich bin für Sie wichtig?«, strahlte sie Hermann Wöllnert an. Sie hatte sich beim Sprechen zu ihm umgedreht und beugte sich mit fragendem Blick leicht vor. Diese Bewegung bescherte Hermann einen tiefen Einblick in ihren Ausschnitt. Unter ihrem Angorapullover zeich-

neten sich stattliche Brüste ab. Und hatten sichtlich viel Mühe, überhaupt Platz darin zu finden.
»Scheiß aufs Hirn, ich bin ein Mann«, dachte Hermann und gönnte sich einen tiefen Blick. Den auch Peter aufschnappte und sich schnell bemühte, das Gespräch in ernsthafte Bahnen zu bringen.
»Sie sind mit Wolfgang Goldbauer befreundet?«, fragte Peter und lockte so die Blondine wieder zurück. Worauf sie ihren Lolitablick an ihm testete. Doch da biss sie auf Granit. Der Kommissar hatte genug Erfahrung mit Frauen, die die Männer durch ihren Körpereinsatz so manipulierten, dass sie schließlich zu allem Ja und Amen sagten. Er hatte sich vor noch nicht allzu langer Zeit von einer solchen Dame Scheiden lassen – und war somit für alle Zeit geheilt. Natürlich, wenn Ira ihren Schmollmund auflegte wirkte das – das war ja was gaaaanz anderes!
»Oh ja, ich bin seine Freundin«, beantwortete Tamara Fritscher dümmlich kichernd Peters Frage. Dabei fuhr sie sich mit den Fingern effekthaschend durch die Haare und setzte den Schlafzimmerblick auf. Enttäuscht musste sie jedoch nach prüfendem Blick auf Peters Mimik feststellen, dass er von dieser sexy Körpersprache völlig unbeeindruckt schien. Er hielt den Kopf gesenkt und blickte auf eine Notiz.
»Kennen Sie die Goldbauers gut?«
»Nööööö, eigentlich nicht so. Wolfgang hat ja eine eigene Wohnung. Ich war nie bei denen zu Hause. Er legte da nicht so viel Wert drauf«, stellte sie hörbar bedauernd fest.

Peter grinste in sich hinein und dachte: »Da hätte der gute Wolfgang wahrscheinlich einiges zu hören bekommen. Die Gute mag ja eine Kanone im Bett und im Geldausgeben sein, aber für andere Dinge ist die nicht zu gebrauchen. Schon gar nicht als Schwiegertochter!« Laut erkundigte er sich bei Tamara nach dem Verhältnis zwischen Bruder und Schwester Goldbauer.

»Nun, auch da kann ich nicht viel sagen. Ich habe sie eigentlich nur ab und zu in der Gewandmeisterei gesehen. Schade, dass sie tot ist. Vielleicht hätten wir Freundinnen werden können.« Die Blondine sagte dies so, als wäre Carmen Goldbauer in ein anderes Land gezogen. Von Kummer oder Schock über deren Ermordung war weder etwas zu hören, noch zu sehen. »Kaltes Aas«, urteilte Peter.

»Aber es ist ja eigentlich bei so was ganz normal, dass man mit den Eltern nicht viel zu tun hat. Und mit der Schwester auch nicht so viel«, plapperte Blondie munter weiter. Um dann, wie als Bekräftigung, höchst undamenhaft zu schniefen.

»Aber eigentlich gibt es doch in Familien, die auch miteinander arbeiten, enge Bande?«, wunderte sich Peter.

»Weiß nicht, bei denen gar nicht. Deshalb ist Wolfgang ja gegangen. Der hatte die Nase voll nach allem. Carmen hinten, Carmen vorne. Blöd. Deshalb ist er in ein anderes Büro gegangen«, schniefte sie erneut. Hermann, der hinter ihr am Türrahmen lehnte und seit geraumer Zeit kein Sterbenswörtchen mehr gesagt hatte, reichte ihr

galant ein Taschentuch über die linke Schulter. Was sie mächtig zusammenzucken ließ. Sie hatte ganz vergessen, dass noch jemand im Raum war! Laut machte sie ihrem Ärger darüber Luft.
»Also wissen Sie, Sie haben mich zu Tode erschreckt! Schleichen Sie sich immer so an«, zischte sie den armen Hermann mit zu Schlitzen verengten Augen an. Und vergaß sogar ihr dümmliches Kichern. Was wiederum Peter nicht entging. »Die ist gar nicht so doof«, schoss es ihm in den Kopf. »Die ist nur eine gute Schauspielerin!« Laut hakte er nach: »Sie sagten vorhin, bei so etwas sei das normal. Was meinen Sie genau damit?«
Blondie hatte sich wieder unter Kontrolle. Ernst schaute sie den Kommissar über den Schreibtisch hinweg an.
»Na, es ist doch ganz normal, dass man das eine Kind mehr mag als das andere. Und das ungeliebte Kind sich dann eher von den Eltern entfernt!« Sie schüttelte verständnislos den Kopf, als hätte der Kommissar eine selten dumme Frage gestellt.
»Ich glaub', ich komm' gerade nicht mit. Was meinen Sie denn konkret?«, wurde Peter ärgerlich. Auch Hermann hatte sich vom Türrahmen gelöst und stand jetzt am Kopfende von Peters Schreibtisch. Erwartungsvoll blickten beide Tamara Fritscher an. Die genoss es sichtlich, im Mittelpunkt zu stehen. Sie zog ihre hübsche Nase leicht kraus und zeigte ein hässliches, überlegenes Grinsen. »Sagen Sie bloß, Sie wissen es nicht?« Aus ihrer piepsigen Stimme war ein ordinärer Sopran ge-

worden. Dabei lehnte sie sich auf ihrem Stuhl zurück und saß da wie ein zufriedenes, da sattgefressenes Frettchen. Sie verschränkte die Arme unter der Brust.
»Was sollen wir nicht wissen?« Peter und Hermann blickten sie wie gebannt an. Sie zog hörbar die Luft ein und sagte dann in die Stille hinein: »Na, Wolfgang ist nicht das leibliche Kind von den Goldbauers. Er wurde adoptiert!«

Kapitel 17

Peter saß auf seinem Stuhl und sah aus wie vom Donner gerührt. Hermann stützte sich mit beiden Händen auf den Schreibtisch, als wäre ihm gerade ein Hexenschuss ins Kreuz gefahren. Beide Kommissare starrten Tamara Fritscher an – und trauten ihren Ohren nicht.

»Was sagen Sie da? Wolfgang Goldbauer wurde adoptiert? Ist also nicht der leibliche Sohn?«

Blondie suhlte sich sichtlich in ihrem Wissen. Sie stand, besser gesagt, saß, im Rampenlicht, es war ihr Moment. »Jawohl, meine Herren«, bestätigte sie. Ihre Augen blitzten wie tausend Diamanten. Oh ja, sie hatte es den beiden gezeigt. Das hätten sie nicht von ihr erwartet. Weder der »Ausschnittglotzer« noch der »Coole«, der während des Gesprächs instinktiv versuchte, seinen Bauchansatz einzuziehen! Jetzt waren die beiden baff! Tamara fühlte sich glücklich. Endlich spielte sie die erste Geige.

»Warum hat uns das bislang keiner gesagt. Das ändert doch die Sachlage komplett«, brummelte Peter Brand ärgerlich vor sich hin. An die Blondine gewandt, erkundigte er sich laut: »Hat Ihnen das ihr Freund gesagt, oder haben Sie es anderweitig erfahren?«

»Wolfi hat's mir gesagt«, nickte Tamara ein paar Mal zur Bestätigung. »Er hat mir aber auch gesagt, dass das völlig egal sei. Er würde so oder so ein schönes Auskommen haben. Auch ohne, dass die beiden seine leiblichen Eltern seien.«

»Warum, lief es bei ihm in der Arbeit so gut?«, hakte Peter nach.
»Weiß nicht. Er hat's nicht so mit Arbeit. Es ist ihm im Büro ziemlich langweilig geworden. Deshalb gab es vor einigen Monaten Krach mit seinem Vater. Aber Wolfi hat gesagt, dass er sich nun selbst um seine Zukunft kümmere. Und es müsse nicht immer die Arbeit sein, von der das Geld käme. Auf jeden Fall hat er sich erst gestern einen tollen neuen Porsche bestellt. Sein absolutes Traumauto«, plapperte Tamara weiter.
Die Blicke der beiden Kommissare trafen sich. Hermann nickte, als habe er die Gedanken von Peter gelesen. Es war nun an der Zeit, sich um »Wolfi« zu kümmern!
»Ich denke, Wolfi und ich werden bald heiraten. Er hat mich bereits drei Mal in der Gewandmeisterei abgeholt. Das ist, glaube ich, ein gutes Zeichen. Was meinen Sie? Muss man eine Trauerzeit einhalten?«
Peter lenkte seinen Blick wieder auf sie. »Du kleine Hexe. Natürlich sollte man eine Trauerzeit einhalten. Aber Du hast es ja wohl sehr eilig, Deinen Wolfi festzunageln. Schließlich winkt er mit Geld« schleuderte er ihr in Gedanken entgegen. Laut sagte er nur: »Das muss jeder mit sich selbst ausmachen.« Hermann, der schon wieder in vielsagendes Schweigen verfallen war, setzte noch eins drauf: »Das ist eine Frage des Anstands!«
»Huch, es ist schon spät, ich hab' noch einen Friseurtermin. Den darf ich auf keinen Fall verpas-

sen. Ich nehme an, wir sind hier fertig?«, fragte Blondie die Kommissare.
»Ja. Wenn wir noch Fragen haben, melden wir uns bei Ihnen«, nickten beide. Sie stand auf und verließ mit rekordverdächtigem Hüftschwung das Büro. Allerdings nahmen diesen die beiden Herren nicht wahr. Sie blickten sich nämlich gegenseitig an und ignorierten Fräulein Barbie.
»Du weißt, was das bedeutet? Wir haben wieder einen Verdächtigen«, begann Peter, als die Tür hinter der Lady ins Schloss fiel.
»Oh ja«, rieb sich Hermann mit glänzenden Augen die Hände. »Denn ein adoptierter Sohn kann ja nicht die ähnliche DNA haben wie die leibliche Tochter!«
»Wir müssen zur Besprechung. 11 Uhr war abgemacht. Auf geht's«, forderte Peter seinen Kollegen auf. »Der Chef wird sich freuen.«

Während die Kommissare ihre Schritte in Richtung Chefbüro lenkten, fuhr Ira zu ihrem Termin in der Stadt. Sie war früh dran, aber nicht ohne Grund. Dadurch, dass die Neue Straße zwischen Unter- und Oberbettringen gesperrt war und die Arbeiten am Tunnel noch in vollem Gang waren, musste man in Gmünd momentan viel Zeit einkalkulieren. Irgendwo gab es immer irgendeinen Stau. Vor allem um die Mittagszeit. Und wenn Ira eines hasste, dann war es, zu spät zu einem Termin zu kommen.
»Was soll denn der Scheiß?«, ärgerte sie sich über den Fahrer des Wagens vor sich.

Seit dem Herlikofer Berg führte er die Autoschlange an, die hinter Ira immer länger wurde. Der Vordermann musste einen Knick in der Optik oder einen defekten Tacho haben: Er war stur mit 40 Sachen unterwegs. Die Autos schlichen an Gotteszell vorbei und schlängelten sich durch die Unterführung. Weil ihr Vordermann so trödelte, schaltete die Ampel auf Höhe des Discounters schon wieder auf Rot um. In aller Seelenruhe lenkte der Fahrer jedoch seinen Wagen nach rechts auf den Parkplatz des Discounters. Ira verfolgte ihn mit empörten Blicken, während sie an die rote Ampel aufrückte. Der Schleicher fuhr quer über den Parkplatz und wollte am anderen Ende in die Bundesstraße einbiegen. Also offensichtlich die rote Ampel umfahren.

»Frechheit«, ärgerte sich die Journalistin. »Erst schleichen, dass alle an der roten Ampel stehen und sich so aus dem Staub machen! Was glaubt der eigentlich!«

Doch der Gute hatte die Rechnung ohne die schweren, doppelachsigen Lastzüge gemacht. Diese näherten sich aus Richtung Aalen auf der Bundesstraße. Sie standen so eng in der sich nun dort bildenden Schlange, dass der Schleicher nicht einbiegen konnte. Iras Ampel sprang auf grün um, sie bog zügig in die Bundesstraße. Mit ihr die Schlange hinter ihr. Da weiter vorn, an der Schmiedgassen-Kreuzung, auch grün war, kam Ira mit ihrem Tross zügig weiter. Vorbei an ihrem Widersacher an der Ausfahrt des Parkplatzes, der jetzt mit missmutigem Blick erkannt hatte, dass er keine Chance zum Einbiegen hatte.

Mit Befriedigung stellte Ira beim Blick in den Rückspiegel fest, dass ihn auch die Fahrer der Autos hinter ihr nicht reinließen. »Pech gehabt, Schlaumeier«, amüsierte sie sich köstlich. Sie schien eine grüne Welle erwischt zu haben und konnte ohne Probleme über die Kreuzung in die Schmiedgasse einfahren. Dabei wäre ihr fast der Hintermann aufgefahren, denn die Journalistin musste am Zebrastreifen anhalten, um Fußgängern den Vortritt zu lassen. Seine quietschenden Bremsen waren nicht zu überhören.

»Was will ich eigentlich hier? Bin ich doof? Ich muss doch zum Rathaus!«, fiel Ira ein, dass sie eigentlich an der Ampel links und dann Richtung Königsstraße hätte fahren sollen. »Das Pferd hat wohl heimgezogen!«, dachte sie, denn normalerweise führte sie ihr Weg stets in die Schmiedgasse, wo die Redaktion des Stauferbotens war. »Na, dann gibt's halt eine Ehrenrunde!« Die Journalistin fuhr durch die Schmiedgasse, umrundete das Herrenausstatter-Geschäft und fuhr über die Hintere Schmiedgasse wieder in Richtung Kreuzung. »So, jetzt passt das wieder«, stellte sie zufrieden fest. Die Ampel wurde grün und Ira bog rechts in Richtung Baldungskreuzung ab. Um dann endlich doch noch die Königsturmstraße zu erreichen und rund ums Rathaus einen Parkplatz zu suchen. »Passiert das anderen auch, oder bin nur ich so verplant?«, überlegte sie. »Juhu!« – sie entdeckte vor dem Juwelier in der Kornhausstraße einen freien Parkplatz. »Heute ist mein Glückstag.« In dieser Ecke überhaupt einen Parkplatz zu

ergattern, hatte normalerweise den gleichen Stellenwert wie ein Sechser im Lotto.
Ira betrat das Rathaus. Und wie immer, wenn sie den hoch angesetzten Knauf an der Eingangstür drückte, kam sie sich vor wie ein kleines Mädchen. Mit beiden Hände drückte sie schließlich die massive Holztür auf.
»Stell Dir das mal vor. Dann siehst Du auf zig Windräder und kriegst dadurch das wundervolle Panorama gar nicht mit.«
»Ja, und die sieht man auch vom Bernhardus aus. Direkt dort werden zwar keine aufgestellt, aber die neuen Räder haben ja eine unglaubliche Höhe. Die sieht man kilometerweit ins Land!«
Ira wäre hinter der Rathaustür fast mit den beiden Frauen zusammengestoßen, die eifrig im Gespräch waren. Hörbar erregt über die Windräder. Ohne die Journalistin zu sehen, liefen sie an ihr vorbei.
»Das wird heute Abend bestimmt lustig in Amalienstadt. Windkraft ist das Hauptthema. Und dabei sollen die Räder dort gar nicht auf der Ortsmarkung stehen, sondern befinden sich auf Göppinger oder Lautersteiner Markung. Aber trotzdem haben sie die Amalienstädter vor der Nase«, ging es Ira durch den Kopf. Dieses Thema beherrschte immer mehr die öffentliche Diskussion. Es gab Pro- und Contraartikel zur Windkraft in der Zeitung. Ira selbst wollte zwar kein Atomkraftwerk vor der Haustür haben, aber dennoch schlugen zu diesem Thema zwei Herzen in ihrer Brust.
Windkraft fand sie sinnvoll, an einem Standort

platziert, an dem es auch tatsächlich so viel Wind gab, dass die Anlagen wirtschaftlich arbeiten konnten. Aber die rot-grüne Landesregierung, die seit geraumer Zeit am Ruder war, hatte beschlossen, dass ab einer gewissen Windhöfigkeit, die relativ niedrig gehalten war, Windkraftanlagen subventioniert wurden. Auch wenn offizielle Berechnungen gezeigt hatten, dass ein tatsächlicher, wirtschaftlicher Ertrag eigentlich erst über diesem Wert möglich war. Was bedeutete, dass, auch wenn das Rad kaum sinnvoll für gute Energiegewinnung war, es immer einen Gewinner gab: den Investor. Schließlich konnten die Räder steuerlich abgeschrieben werden - warfen somit, auch wenn sie keinen Ertrag brachten, einen Gewinn ab. Von diesem Geld hatten die Bürger keinen Nutzen. Das einzige was sie sahen, waren die Windparks vor ihrer Nase. Die Investoren selbst wohnten irgendwo anders – und mussten den Anblick somit nicht ertragen. Die Gemeinden waren trotzdem oft positiv eingestellt, denn es musste Gewerbesteuer pro Rad bezahlt werden. Und wenn man den Gerüchten Glauben schenkte, die es über die Beträge von Pachteinnahmen gab, wurden pro Windkraftanlage jährlich um die 15 000 Euro bezahlt. Das läpperte sich also ordentlich zusammen, wenn es um einen ganzen Windpark mit mindestens 24 Rädern ging. »Wohl dem, der die Grundstücke besitzt. Der kann von den Pachteinnahmen für die Fläche leben, auf der die Räder aufgestellt werden und muss keinen Finger mehr krumm machen«, überlegte Ira.

Dabei erklomm sie die Treppe in den ersten Stock. Was ihr allerdings gut gefiel, war, dass es von Gemeinden im Schwäbischen Wald Bemühungen gab, so genannte Bürgerwindräder aufzustellen. Die machten die Bürger zu Miteigentümern der Anlagen. Und sie hatten damit auch ein Stück vom Profit. Wobei die Gemeinden Wert darauf legten, dass die Grundstücke in solchen Fällen der jeweiligen Gemeinde gehörten. Folglich die Pachteinnahmen dem Gemeindesäckel zuflossen. Amüsiert hatte Ira bei diversen Gemeindeversammlungen, bei denen es um die Bürgerwindräder ging, bemerkt, dass manch eingefleischter Windkraftgegner plötzlich an der Rendite des Bürgerwindrads interessiert war. Und nicht mehr gar so laut gegen die Anlagen wetterte. Da gab es sogar die Frage: »Wann werden die Anlagen aufgestellt, wann kann man mit Rendite rechnen?« Hach ja, wenn es eben um den eigenen Geldbeutel geht …

Auf der anderen Seite war man seit Jahrzehnten den Anblick von den hohen, monströsen Strommasten gewöhnt, die sich durchs Land zogen. Hier beklagte sich ja auch niemand über die Optik. Waren Windräder also nur unerwünscht, da man sie nicht gewöhnt war? Ira dachte an die Gegend zwischen Pfahlbronn und Rudersberg. Hier reckten sich zahlreiche massig erscheinende Strommasten gen Himmel. Aber irgendwie übersah man sie. Wegen diesen hatte es ihres Wissens nach noch nie Unterschriftenlisten gegeben. Und im hohen Norden, wo es seit langem unzählige

Windräder gab, beschwerten sich die Leute auch nicht. Sie gehörten einfach ins Landschaftsbild. Die Journalistin wünschte sich auf jeden Fall, dass jeder etwas von dieser alternativen Energie haben sollte. Sowohl die Natur, als auch die Menschen.
»Es bleibt spannend. Aber es dreht sich eben auch hier alles ums Geld«, mutmaßte sie, während sie im kleinen Besprechungszimmer angekommen war. In diesem warteten bereits Hanna Mocha und Ellen Hieber, die beiden Organisatorinnen der Mädchenwochen. Das Pressegespräch konnte beginnen.

Auf dem Polizeirevier hatten sich die Kripobeamten derweil im Büro des Chefs versammelt. Peter berichtete darüber, dass Wolfgang Goldbauer adoptiert sei.
»Na, dann nehmt euch den Herrn mal zur Brust. Habt Ihr sein Alibi überprüft?«, erkundigte sich der Chef. Peter schüttelte den Kopf.
»Er war beim Weintreff im Prediger. Aber ob er da die ganze Zeit war? Müssen wir überprüfen.«
»Also, konzentriert Euch auf ihn. Wart ihr schon im Architekturbüro?«
»Nein, da wollen wir als nächstes hin. Diese Tamara kam nach dem Verlobten der Toten. Wir kommen heute irgendwie zu nichts. Wir wissen allerdings, dass das Verhältnis zwischen dem Verlobtem und Wolfgang Goldbauer nicht gut war. Schätze mal, wir haben unseren verdächtigen Nummer eins gefunden«, meinte Kollege Hermann.

»Wir werden uns jetzt um Wolfgang Goldbauer kümmern. Ich ruf' ihn gleich mal an und bestell' ihn her«, kündigte Peter an. »Zudem müssen wir noch die Verbindung finden zwischen den beiden Getöteten. Gmünd ist nicht gerade für Mord und Totschlag bekannt. Daher denke ich, dass es einen Zusammenhang geben muss.«
Der Chef nickte: »An die Arbeit.«
Das ließen sich die Beamten nicht zweimal sagen. Jetzt hatten sie endlich einen Hauptverdächtigen. Peter und Hermann gingen ins Büro zurück und Peter griff zum Telefon. Er rief im Büro von Wolfgang Goldbauer an, strandete aber bei dessen Sekretärin.
»Tut mir leid, Herr Goldbauer ist gerade bei einem Termin im Stauferklinikum. Er hat mir bereits angekündigt, dass er nun zwei Stunden nicht erreichbar ist. Auch nicht übers Handy. Er überreicht dem Bunten Kreis einen Scheck. Das finde ich wirklich edel von ihm ...«, gab die Sekretärin bereitwillig Auskunft.
Peter war verblüfft. Ein Mörder, der für schwerkranke Kinder und deren Familien Geld gibt? Ira hatte ihm von diesem Bunten Kreis erzählt. Chefarzt Dr. Jens Rödel hatte sich für diesen stark gemacht. Ira war begeistert von diesem Chefarzt, der für die Kinder- und Jugendklinik zuständig war. Ihren Schilderungen nach arbeitete der Gute rund um die Uhr. Obwohl er selbst einen Stall voll Kinder zuhause hatte! Ira war so begeistert, dass Peter damals, als der Verein gegründet worden war, schon nicht mehr hören konnte, wie toll dieser

Chefarzt doch sei. Er war sogar ein wenig eifersüchtig gewesen. Denn Ira neigte eigentlich nicht dazu, irgendjemanden in den Himmel zu loben. Doch dieser Rödel hatte es ihr wirklich angetan. Da ging sie sogar an ihrem freien Tag noch hin, um schnell ein Bild von einer Scheckübergabe zu machen, wenn Rob, der Fotograf, zu viel um die Ohren hatte. Und jetzt ein Scheck von Wolfgang Goldbauer? Peter schüttelte den Kopf. »Das soll einer verstehen!«
»Wir müssen uns gedulden, der Herr spielt gerade Wohltäter. Macht nix, jetzt ist ohnehin Mittag. Zum Architekturbüro der Goldbauers brauchen wir jetzt nicht zu gehen, die machen auch Mittagspause. Wie wär's, gehen wir einen Happen einwerfen?«, schlug Peter seinem Kollegen vor.
»Guter Plan, Mir gehen meine Schokoriegel aus. Außerdem will ich mal was anderes zwischen die Zähne kriegen«, nickte Hermann begeistert. Und schon flitzte er in Richtung Tür. »Na, Du musst ja Hunger haben«, grinste Peter. »Da geht's nicht drum«, wehrte sich Hermann. »Wie ich Dich kenne, rufst Du gleich Ira an und fragst, ob sie Zeit für eine gemeinsame Pause hat. Da wollt ich schon mal den Wagen vorfahren. Schließlich hab' ich Ira schon mindestens zwei Tage nicht mehr gesehen und Sehnsucht nach ihr!« Mit diesen Worten war der Kollege zur Tür raus.
»Der Kerl kennt mich einfach sehr gut«, musste Peter schmunzeln – während sein Handy bereits Iras Nummer wählte.
»Hallo Mausi, hast Du Lust mich zu sehen?«, flötete er ins Handy.

»Du sollst mich nicht Mausi nennen! Nö, Dich will ich nicht sehen, aber auf Hermann freu' ich mich. Den bringst Du doch bestimmt mit? In zehn Minuten im Heubacher?«, schlug Ira vor. Sie war gleich beim ersten Klingeln dran gewesen, weil sie just in diesem Moment auf dem Handy schauen wollte, wie viel Uhr es war. Ihr Pressegespräch war kurz gewesen. Sie hatte also genug Zeit für eine Mittagspause. Und in der Redaktion war sie bereits gewesen, um sich die Unterlagen für den Abend abzuholen.
»Ihr beiden seid mir so langsam unheimlich«, meckerte Peter.
»Wieso?«, war Ira erstaunt.
»Ihr müsst eine Seelenverwandtschaft haben. Oder läuft da mehr? Stehst Du plötzlich auf Zwerge?«
»In der Nacht sind alle Kater grau«, gab Ira zurück – und legte lachend auf.
Zehn Minuten später traf sich das Trio auf dem Gmünder Marktplatz. Ira und Hermann liefen sich filmreif entgegen und umarmten sich. Es sah zwar etwas komisch aus, da der kleinwüchsige Hermann gerade mal mit dem Kopf an ihren Ausschnitt kam. »Aber das hat immense Vorteile«, versicherte er stets frech. Peter wiederum stand da wie ein begossener Pudel und fühlte sich als Außenseiter. Ira würdigte ihn keines Blickes, hakte sich nach der innigen Umarmung bei Hermann unter und ging mit ihm die Treppen zum Restaurant hoch. »Verrückte Bande«, schüttelte der Kommissar den Kopf und ging hinterher.

Grinste aber dann doch in sich hinein. Was wollte er mehr? So gute Freunde gab es nur einmal auf der Welt! Für einen Moment vergaß er sogar die beiden Mordfälle.
»Was grinst Du denn so zufrieden?« erkundigte sich Ira, während sie sich auf die Eckbank setzte und auf dieser in die Mitte rutschte. Peter warf ihr einen liebevollen Blick zu - und nahm direkt ihr gegenüber auf einem Stuhl Platz. Ira verstand und Hermann auch: Obwohl er gerade im Begriff war, sich auf einen Stuhl zu setzen, entfernte er sich plötzlich mit den Worten »ich muss mal für kleine Kommissare« in Richtung Toiletten. Peter und Ira beugten sich gleichzeitig, ohne ein Wort zu sagen, über den Tisch und ihre Lippen trafen sich in der Mitte über der Tischplatte.

Kapitel 18

»Na, Du wirkst jetzt etwas entspannter als heute Morgen«, stellte Ira zufrieden fest. Die tiefe Zornesfalte, die Peters Stirn noch beim Frühstück geziert hatte, war verschwunden.
»Das kann man wohl sagen. Wir sind dabei, dem Mörder auf die Schliche zu kommen - und diesmal passt alles«, meinte Peter und begann, der Journalistin die bisherigen Ermittlungsergebnisse zu erzählen. Was er ja ruhigen Gewissens tun konnte, schließlich hatte ihn sein Chef dazu aufgefordert, Ira mit ins Boot zu holen. Sie lauschte seinen Ausführungen. Währenddessen kam nicht nur Hermann von der Toilette zurück, sondern auch die Bedienung an den Tisch. Der Kommissar unterbrach sich. Zu den Getränken bestellte sich Ira ihre geliebten Kässpätzle, Peter und Hermann wollten »nur was Kleines« - ein Riesenschnitzel mit Beilagen.
»Das einzige, was wir nun abklären müssen, ist, ob er wirklich die ganze Zeit auf dem Weintreff war. Der fing um 18 Uhr an und mir ist er nicht aufgefallen. Dann darf der Herr seine DNA abliefern und wir verfrachten ihn hinter Schloss und Riegel«, war Peters Vorfreude unüberhörbar.
Ira dachte kurz nach. »Moment. Ich komme gerade aus der Redaktion. Auf dem Layout für Morgen hab' ich ein Bild von einer Scheckübergabe entdeckt. Wolfgang Goldbauer überreicht ihn an Dr. Rödel. Jetzt weiß ich, wie Goldbauer Junior aussieht. Lass' mich mal überlegen …«.

Das Essen wurde serviert. Ira machte ganz automatisch Platz auf dem Tisch, schob die kleine Blumenvase weg und legte den beiden Kommissaren das Besteck hin. So musste die Bedienung nur noch die Teller einsetzen.
»Du bist aber fürsorglich«, amüsierte sich Hermann mit Blick auf Ira. Die hatte die Handgriffe ganz in Gedanken gemacht. Denn im Geiste ließ sie den Weintreff Revue passieren.
»Ich bin mir sicher! Wolfgang Goldbauer kam erst lange, nachdem Du bereits weg warst. Ich stand neben der Architektengruppe und hörte ihnen zu, als Wolfgang Goldbauer dazu trat. Ich weiß, dass er etwas außer Atem war,« beschrieb sie.
Peter wurde hellhörig: »Um wie viel Uhr war das?
»So kurz vor acht. Ich war bereits auf dem Weg nach draußen und wollte Jim anrufen.«
»Wirkte er irgendwie nervös, war er blass, aufgeregt?«
Ira grübelte. Plötzlich leuchteten ihre Augen. »Hast Du nicht gesagt, dass ihr eine fremde DNA an der Leiche gefunden habt?«
»Weniger an der Leiche, als an dem Pflasterstein.«
Ira konzentrierte sich. Vor ihrem inneren Auge spulte sie die Szene beim Weintreff nochmals ab. »Wolfgang Goldbauer trat zur Gruppe dazu. Dabei lutschte er an seinem Finger. Ich hab' mich noch darüber aufgeregt. So was macht man doch als gestandenes Mannsbild nicht. Aber wenn Du sagst, dass Blutspuren am Pflasterstein waren, hat er sich vielleicht an diesem gerissen?

Wenn ich irgendwo mit den Fingern hängenbleibe, sauge ich auch das Blut weg, um die Wunde zu säubern. Macht man halt so, wenn man kein Wasser zur Verfügung hat. Das geht ganz instinktiv«, analysierte die Journalistin ganz aufgeregt. Peter strahlte übers ganze Gesicht während Hermann trocken bemerkte: »Fall gelöst. Wir müssen ihn nur noch verhaften. Mahlzeit.« Dabei griff er zu Messer und Gabel und begann mit zufriedenem Gesichtsausdruck zu schlemmen.

»Jetzt hat der Gute kein Alibi mehr. Wir sind einen Riesenschritt weiter. Nachher gehen wir in sein Büro und unterhalten uns gepflegt mit einem Mörder, den wir dann überführen«, freute sich Peter, schob sich circa 200 Gramm Schnitzel auf einmal in den Mund und kaute los.

»Aber was hat das alles mit Frau Zander-Fillt zu tun? Und warum bringt der Gute seine Halbschwester um? Wo ist das Motiv«, hakte Ira nach.

»Versau mir nicht gleich wieder die Laune. Eins nach dem anderen. Jetzt können wir ihn auf jeden Fall festnageln wegen Carmen Goldbauer. Der Rest wird sich schon finden.«

Peter war sehr zuversichtlich und Hermann nickte zur Bestätigung. »Den nehmen wir in die Zange, dann wird der sein Motiv schon bereitwillig erzählen. Und was es mit der Zander-Fillt auf sich hat, beantwortet sich dann auch. Da muss ja ein Zusammenhang sein.«

Nach dem Mittagessen verabschiedete sich das Trio. Ira wollte nach Hause gehen, die beiden

Kommissare ins Architekturbüro von Wolfgang Goldbauer. »Viel Glück!«, wünschte die Journalistin den beiden und entfernte sich.

»Wir sind einen Riesenschritt weiter. Wenn Wolfgang Goldbauer auf seinem Alibi beharrt, können wir kontern. Ist das nicht herrlich? Los, an die Arbeit«, äffte Peter den Tonfall des Chefs nach.

»Auf geht's«, nickte Hermann und die beiden gingen zum Auto. Peter griff sich sein Handy und rief den Kollegen an. Der hatte die Aufgabe, sich in der Nachbarschaft von den Goldbauers umzuhören. Bis auf einen alten Herrn hatten die Kollegen alle angetroffen. Und hatten stets dasselbe zu hören bekommen: Dass die Goldbauers ehrenwerte Leute seien. Zudem hatte es in dieser Straße einen starken Hausbesitzerwechsel gegeben. Viele wohnten noch nicht lange dort. Nur eben dieser ältere Herr, der konnte vielleicht etwas Brauchbares aussagen.

»Servus, Wum, habt ihr jetzt den Nachbarn erreicht?«, fragte Peter ins Handy.

»Nein, er macht nie auf. Die Nachbarn haben uns heute Morgen gesagt, dass sie ihn seit gestern Nachmittag nicht mehr gesehen haben. Seine Zeitung, Post und Prospekte stecken auch im Briefkasten. Wir wollen gleich nochmal vorbeifahren«, berichtete Wum Schneider. Dabei zog er hörbar die Nase hoch. Er hatte sich wohl mal wieder eine Prise Schnupftabak gegönnt.

»Wohl bekomm's«, wünschte Peter und schlug dann vor: » Du, das machen wir anders.

Hermann und ich schauen mal bei ihm vorbei. Vielleicht haben wir mehr Glück.«
»Wie Du willst. Wir hören uns«, antwortete Wum Schneider und legte auf.
Peter wählte die Nummer des Büros von Wolfgang Goldbauer. Die Sekretärin war nach dem ersten Klingeln am Apparat. »Das ist Einsatz«, zog Peter den Hut vor der Schnelligkeit. Er wollte sein und Hermanns Kommen ankündigen, aber die Sekretärin bedauerte: »Nein, Herr Goldbauer ist gleich nach der Scheckübergabe zu seinem Vater gefahren. Er hat gerade angerufen. Er kommt heute nicht mehr ins Büro. Er ist total niedergeschlagen. Ist ja auch unglaublich, dass seine Schwester ermordet wurde – und auch noch schwanger war. Herr Goldbauer war schockiert, als ihm sein künftiger Schwager das erzählte«, schilderte die Dame. Der Kommissar bedankte sich für diese umfangreiche Auskunft und beendete das Gespräch. Ihn beschlich die leise Ahnung, dass Wolfgang Goldbauer womöglich doch nicht der Mörder war. Denn, warum war er sonst so schockiert darüber, dass seine tote Halbschwester schwanger war. Mochte er sie womöglich doch? War alles nur Theater?, überlegte er, als er neben Hermann herging.
»Was ist los? Wo ist Deine gute Stimmung geblieben?«, erkundigte der sich und blickte ihn von der Seite an.
»Weiß nicht. Goldbauer ist bei seinem Vater und sehr schockiert, dass seine Halbschwester schwanger war. Das passt doch nicht zusammen«, schüttelte Peter den Kopf.

»Dann weiß es der Vater jetzt auch, dass er Opa geworden wäre. Toll. Du hättest es ihnen gleich sagen sollen. Das kommt jetzt ganz blöd«, ärgerte sich Hermann.
Schuldbewusst nickte Peter. Da kam ihm Ira in den Kopf. Sie hatte was von einem Hundertjährigen erzählt, der über die Goldbauers hergezogen hatte. War das etwa der Nachbar, der nicht aufmachte? Peter zückte nochmals sein Handy und rief Ira an. Doch sie nahm nicht ab.
»Wahrscheinlich hat sie die Musik in ihrem Auto wieder so laut, dass sie das Klingeln nicht hört«, ärgerte er sich. Ihren Anrufbeantworter hatte sie mit Absicht nicht aktiviert. »Wer von mir was will, soll mir zuhause auf den AB sprechen. Unterwegs hab' ich keine Zeit für Rückrufe«, sagte sie immer. In Wirklichkeit war jedoch dieses Abschalten eine der Auswirkungen, die ihr Krankenhausaufenthalt im vergangenen Jahr mit sich gebracht hatte. Dort war sie mit einem Kreislaufzusammenbruch eingeliefert worden – es hatte Peter einen mächtigen Schreck eingejagt, als die Klinik ihm Bescheid gab, dass Ira bei ihnen war. Die Ärzte hatten der Journalistin, die plötzlich unter extremen Blutdruckschwankungen gelitten hatte, ins Gewissen geredet. Diagnosen wie »Burn out« und »Überarbeitung«, waren gestellt worden. Denn Ira arbeitete durch, war unter der Woche genauso auf Terminen wie an den Wochenenden. Es gab Zeiten, in denen hatte sie wochenlang keinen freien Tag. Und das Dümmste daran war, dass sie das gar nicht schlimm fand!

Ira, die mit ihrem Beruf verheiratet war, hatte damals die Welt nicht mehr verstanden. Ihr Körper hatte ihr so mir nichts, dir nichts die rote Karte gezeigt. Aber da sie noch viele Jahre diesen Job machen wollte, hatte sie nachgegeben. Eine der Folgen war, dass sie den Anrufbeantworter am Handy deaktiviert hatte. »Ich muss nicht auch noch auf dem Klo erreichbar sein«, hatte sie damals gescherzt. Doch Peter war klar gewesen, dass es ihr bitterernst gewesen war. Sie wollte sich nicht mehr wie ein Hamster im Laufrad fühlen. Sie plante ihre Termine - sofern nichts dazwischen kam - so, dass sie genügend Zeit dazwischen hatte. Und so manches Mal verschwand sie einfach mal kurz übers Wochenende zu ihrer Schwester Heike nach Passau. »Zum Luft Holen«, pflegte sie diese Aufenthalte zu beschreiben. Das hätte sie am Anfang, als sich die beiden in Schwäbisch Gmünd wiedergetroffen hatten, nie gemacht. »Schon Recht«, brummelte der Kommissar in seinen nicht vorhandenen Bart. »Ich werde sie später erreichen.«
Er erläuterte Hermann, was die Sekretärin gesagt hatte. »Dann fahren wir gleich zu den Goldbauers?«, fragte der Kollege.
»Ja.«
Keine zehn Minuten später hielten sie vor dem Haus der Familie. Während sie aus dem Auto stiegen, öffnete sich die Haustür und Frau Goldbauer kam heraus. Sie nickte den Kommissaren nur kurz zu und ging wortlos zu ihrer Garage. Peter wunderte sich. Denn sie trug einen eleganten

schwarzen Hut mit Netz, der ihr Gesicht komplett verdeckte. Sie wirkte wie eine englische Lady. Die Szene hatte etwas Surreales, Theatralisches. Auch der Rest ihrer sehr damenhaften Kleidung war tief schwarz. Um die ohnehin schlanke Taille warf der enggeschnittene Blazer des Kostüms allerdings Falten. Ein Indiz dafür, dass Frau Goldbauer abgenommen hatte. Sie wirkte zerbrechlich wie eine Elfe. Klar, sie hatte ihre Tochter verloren, aber war das nicht ein bisschen zu viel des Guten? Auch Hermann guckte verblüfft. Da erschien Herr Goldbauer mit traurigem Blick an der Tür. Er schaute seiner Gattin nach – und bemerkte die beiden Kommissare zuerst gar nicht. Dann blickte er ihnen entgegen, sah sehr müde, fast phlegmatisch aus. »Sie wollen zu mir? Gibt's was Neues?«, erkundigte er sich mit kraftloser Stimme. Seine schlaffe Hand zeigte in Richtung Hausgang. »Kommen Sie herein.« Er drehte sich um und ging mit gebeugtem Rücken ins Haus. Derweil fuhr Frau Goldbauer aus der Garage auf die Straße und brauste äußerst undamenhaft davon. »Warum hat sie es so eilig, dass Sie nicht mit uns spricht?«, fragte sich Peter, während er mit Hermann ins Haus trat und die Tür hinter sich schloss.
Das Bild, das sich ihnen im Wohnzimmer bot, hatten sie nicht erwartet: Herr Goldbauer hatte sich an den Tisch gesetzt. Ihm gegenüber saß sein Sohn Wolfgang. Er hatte die Arme auf der Tischplatte angewinkelt, sein Kopf lag darin und er schluchzte laut. Er nahm überhaupt nicht wahr, was um

ihn herum geschah. Sein Adoptivvater blickte hilflos zu den Kommissaren. »Sie war schwanger. Warum haben Sie es mir nicht gleich gesagt. Meine Frau ist völlig gebrochen«, blickte er sie vorwurfsvoll an. Peter hatte gleich wieder einen Klos im Hals. Hermann war Herr der Lage und sagte: »Wir wollten sie nicht noch zusätzlich belasten. Zudem haben wir es auch erst gestern vom Gerichtsmediziner erfahren.« Sein Tonfall war ernst, aber bestimmt. Er wollte auf keinen Fall, dass die Goldbauers Herr der Situation waren. Schließlich wollten sie einen Mörder dingfest machen! »Peter, reiß dich zusammen«, sandte er seinem Kollegen seine Bitte gedanklich zu. Der verstand, richtete sich ein wenig auf und musterte Herrn Goldbauer. »Wo ist ihre Frau hingefahren, sie hatte es sehr eilig«, wollte er vom Thema ablenken.
»Ihr bester Freund aus ihrer Heimatstadt ist gestorben. Heute wird er beerdigt. Da fährt sie jetzt hin. Sie war spät dran.« Goldbauer Senior stand auf und ging zu seinem Sohn, der immer noch weinte. Jetzt allerdings still vor sich hin.
»Wir haben noch ein paar Fragen«, begann Peter. Albert Goldbauer blickte ihn fragend an. »Ja?«
Peter beschloss, auf Frontalangriff zu gehen: »Warum haben Sie uns nicht gesagt, dass Wolfgang adoptiert wurde?«
»Geht man mit so etwas hausieren?«, kam die herrische Antwort. Instinktiv legte Goldbauer Senior seine Hand beschützend auf die Schulter des Sohnes. Dieser hatte den Kopf gehoben und einen lauernden Gesichtsausdruck bekommen. Was so

gar nicht zu seiner restlichen Gestik passte.
»Ist das wichtig?«, schleuderte er den Polizisten entgegen. Er saß jetzt aufrecht auf dem Stuhl, immer noch mit der Hand von Goldbauer auf der Schulter. Arrogant verschränkte er die Arme vor der Brust – und legte ein überlegenes Lächeln auf.
»So ein Früchtchen. Mal sehen, was er sagt, wenn er von dem fremden Blut am Pflasterstein erfährt«, freute sich Peter geradezu diabolisch auf das nun Kommende.
»Es ist wichtig. Wir haben an der Tatwaffe eine fremde Blutspur gefunden. Keine, die zur DNA von Carmen Goldbauer passt. Folglich muss jemand sie erschlagen haben, der nicht blutsverwandt mit ihr ist«, sprach Peter mit voller Absicht deutlich und gedehnt. Er genoss den Augenblick. »Und das können sie ja nicht sein, wenn sie nicht ihr leiblicher Bruder sind«, schloss er seine Ausführungen. Dabei ließ er die beiden Goldbauers nicht aus den Augen.
Der Vater legte nun auch noch die andere Hand auf die linke Schulter des Adoptivsohnes und stand eng hinter dessen Stuhl. Die Schlaffheit von vorhin war ausgemerzt. Er straffte seine Schultern, stand aufrecht und herrschte mit verengten Augen die beiden Polizisten an: »Sie verdächtigen ihn, seine Schwester umgebracht zu haben?«
»Adoptivschwester, ja«, nickte Peter bestätigend.
»Das schlägt doch wohl dem Fass den Boden aus! Was glauben Sie eigentlich, wer Sie sind?«, blaffte der Senior sie an.
»Jetzt ist der knallharte Geschäftsmann erwacht.

Guten Morgen«, kommentierte Hermann innerlich. »Auf so was steht Peter. Gleich droht Goldbauer ihm noch, dass er mit seinem Chef auf dem Polizeirevier reden will. Toll. Peter wird entzückt sein. Das bringt ihn so richtig in Fahrt«, grinste Hermann ins sich hinein. Er wusste sehr wohl, dass Peter keinem Konflikt mit der Obrigkeit aus dem Weg ging. Doch er wurde enttäuscht. Denn was Albert Goldbauer jetzt erwiderte, traf die Kommissare wie ein harter Schlag.
»Ich sagte, dass Wolfgang mein Sohn ist. Es geht Sie beiden Hilfspolizisten zwar nichts an, aber ich erkläre es Ihnen. Ganz langsam, zum Mitschreiben: Wolfgang ist mein Sohn. Allerdings nicht der meiner Frau. Folglich hat er meine DNA. Ist also sehr wohl blutsverwandt mit meiner Tochter. Kapiert? Suchen sie ihren Mörder woanders. Und jetzt raus aus meinem Haus!«

Kapitel 19

Peter hatte das Gefühl, als hätte ihm jemand mit der geballten Faust tief in die Magengrube gehauen. Sein Blick zu Hermann zeigte, dass es diesem ebenso ging. Er war ganz blass um seine spitze Nase. Wie konnte das nur passieren? Sie waren sich so sicher gewesen, dass Wolfgang Goldbauer der Täter war. Und jetzt? Alles auf Anfang? Die Tatsache, dass der Typ tatsächlich der Sohn von Albert Goldbauer war, zog den Kripobeamten den Boden unter den Füßen weg. Schon im Gehen, drehte sich Peter jedoch nochmal um zu Vater und Sohn. Der Filius hatte seine Mundwinkel verächtlich nach unten gezogen. Dabei blitzten seine Augen triumphierend. In Albert Goldbauers Blick war Hass auf die Polizisten zu sehen.

Unbeirrt stellte Peter seine letzte Frage, obwohl Hermann bereits im Hausflur vor der Tür stand. Iras Herzblatt war nicht der Typ, der sich so einfach abspeisen ließ.

»Wer ist Ihre leibliche Mutter?« Dabei hielt er den Blick stur auf Wolfgang gerichtet. Dabei durchzuckte es ihn plötzlich. »Jetzt weiß ich, an wen mich diese Augen erinnern!«, fiel es dem Kommissar plötzlich wie Schuppen von den Augen. Er wusste die Antwort bereits eine Sekunde, bevor Albert Goldbauer sie gab: »Gabriele Zander-Fillt. Sie war bei uns Haushälterin.«

»Wussten Sie das?«, fragte Peter den Sohn.

»Natürlich. Ich hab sie ein paar Mal getroffen.

Immer, wenn ich meine Freundin von der Gewandmeisterei abholte. Sie hat es mir nur zu gern unter die Nase gerieben«, nickte Wolfgang Goldbauer verächtlich.
»Sie haben es ihm nicht vorher gesagt?«, fragte Peter und blickte jetzt zum Vater.
»Wir hatten keine Veranlassung dazu. Sie brachte ihr Kind auf die Welt, ließ es bei uns, und meine Frau hat ihr bei einem guten Bekannten eine Stellung als Haushälterin besorgt. Sie war an Wolfgang nicht interessiert, sie hatte mich für sich angeln wollen. Aber ihre Rechnung ging nicht auf. Denn ich empfand die Liaison als unverzeihlichen Fehltritt. Nicht mehr. Ich liebe meine Frau. Wir haben uns ausgesprochen. Nachdem Elvira eine Fehlgeburt hatte, dachten wir, dass sie keine Kinder mehr bekommen könne. Carmen war für uns ein Gottesgeschenk«, erklärte Goldbauer Senior bereitwillig. »Unser Sohn, und auch Carmen, wussten zwar, dass er adoptiert war, aber er wollte nichts über seine leibliche Mutter wissen«, beendete er seine Auskunft.
»Warum auch. Sie hat mich weggegeben – und hier habe ich richtige Eltern. Da ist die Biologie zweitrangig. Zumal mein Vater auch tatsächlich mein echter Vater ist«, sagte Wolfgang Goldbauer mit einer wegwerfenden Handbewegung.
»Erst in der Gewandmeisterei hat sie Kontakt zu mir aufgenommen. Sie dachte wohl, dass ich nun, wenn sie alt wird, nach ihr schauen könnte. Da sie ja auch relativ knapp bei Kasse war.

Ich hab' ihr gesagt, dass sie mir den Buckel runterrutschen kann.«
»Nein, das kann sie jetzt beim besten Willen nicht mehr. Denn sie wurde gestern ermordet«, meldete sich da Hermann Wöllnert zu Wort, der nochmals vom Flur ins Zimmer zurückgekommen war.
»Oh, tja, das hat sie nun davon. Ihre eigene Schlechtigkeit hat sie eingeholt«, kommentierte Albert Goldbauer teilnahmslos.
»Nein, ihr Mörder hat sie eingeholt«, verbesserte Hermann. Er war der Ansicht, dass zu einem Seitensprung immer zwei gehörten. So, wie Goldbauer jetzt über die Frau sprach, hatte er offenbar gar kein Herz. Hatte damals wohl eher den Dienstherren gespielt, der eine Gefälligkeit wollte. Goldbauer sank in seiner Achtung ins Bodenlose.
»Jetzt gehen sie, wir trauern nicht nur um Carmen, sondern auch um unser verstorbenes Enkelkind. Was geht uns da diese Frau an«, zeigte Goldbauer Senior mit dem Finger zur Tür.
Die beiden Kommissare akzeptierten – und verließen auf schnellstem Weg das Haus.
Draußen sahen sie sich an. Peter holte tief Luft. Hilflos stellte er fest: »Wir waren die ganze Zeit auf dem Holzweg. Wir haben uns verrannt. Alles auf Anfang. Wir müssen dringend ins Büro der Goldbauers. Irgendjemand muss uns Auskunft über Carmen Goldbauer geben. So kann das nicht weitergehen. Über sie wissen wir bislang gar nichts. Und ich Depp war völlig vernagelt, dachte, es muss der Sohn sein! Außerdem müssen wir das Leben von Frau Zander-Fillt stärker beleuchten.

Wir haben keinerlei Anhaltspunkte. Das ist zum Kotzen!«
Hermann ließ den Wortschwall über sich ergehen und antwortete nur mit einem traurigen Nicken.
»Komm, lass' uns zum Nachbarn gehen. Vielleicht ist er jetzt da!«, forderte Peter seinen desillusionierten Kollegen auf. »Der wohnt schon so lange hier, der muss die ganze Familiengeschichte kennen. Und auch das Umfeld. Gegenüber Ira hat er ja manche Andeutung gemacht. Der weiß sicher noch viel mehr. Es wird Zeit, dass wir an dieser gutbürgerlichen Fassade kratzen. Und bei uns muss er Farbe bekennen. Wir lassen uns nicht mit Andeutungen abspeisen.« Peter hatte bereits seine Schritte aus der Hofeinfahrt der Goldbauers raus zum Gehweg gelenkt und wählte dabei mit dem Handy Iras Nummer.
»Na, gab's jetzt eine Verhaftung, kann ich gratulieren«, meldete sich die Journalistin.
»Scheiße, nein!« antwortete Peter zerknirscht. »Er ist der leibliche Sohn von ihm! Wir müssen nochmal von vorne anfangen. Sag' mal, Du warst doch bei dem Nachbar. Du weißt schon, Rumpelstilzchen. Erzähl' mir nochmal, was er gesagt hat!«
»Du machst mir Spaß! Ich bin auf dem Weg nach Amalienstadt zur Bürgerversammlung. Ich fahre gerade die Steige hoch und muss mich konzentrieren. Ich meld' mich gleich wieder, wenn ich oben am Wanderparkplatz geparkt habe!« sagte Ira und legte auf.
Peter und Hermann gingen das kleine Stück auf dem Gehweg, bis sie vor dem Haus des Nachbarn

standen. Ihr Blick fiel auf den Briefkasten. Wie Wum Schneider bereits geschildert hatte, quoll dieser über vor lauter Prospekte, auch Zeitungen, ein Uhren-Fachjournal und Briefe ragten raus.
»Da stimmt was nicht. Ein Hundertjähriger verreist nicht einfach so. Der muss da sein!« sagte Hermann alarmiert, ging seitlich am Haus entlang und warf immer wieder einen Blick durch die Fenster. Peter folgte ihm. Auf einmal legte Hermann beide Hände seitlich an den Kopf und drückte seine Nase gegen die Scheibe.
Peters Handy klingelte. »Ist ja der Hammer! Rumpelstilzchen erzählte mir, dass die Tochter ihren Bruder stets »Basti« gerufen hat. Ich hab' mich noch gewundert. Denn der hieß doch Wolfgang und nicht Sebastian!«, meldete sich Ira etwas außer Atem.
»Was meinst Du damit?«, kam Peter nicht drauf, was sie meinte.
»Na, Basti scheint ja wohl auch eine Kurzform für Bastard zu sein. Alles klar?«
Peter trat neben Hermann. »Das heißt, dass der Herr Nachbar genau Bescheid wusste über die Familienverhältnisse. Und das Töchterlein auch. Krass!«, stimmte er Ira verblüfft zu. »Das hörte sich aber gerade beim Herrn Papa ein bisschen anders an.«
»Da, kuck«, forderte Hermann Peter auf, durchs Fenster zu schauen. Er zupfte ihn wie ein kleines Kind aufgeregt am Ärmel.
»Ich meld' mich später wieder bei Dir. Tschüss!«, beendete Peter abrupt das Gespräch.

Er tat es Hermann gleich und presste seine Nase ans Fenster. Im Zimmer sahen beide einen kleinen, alten Mann in einem Sessel sitzen. Völlig zusammengesunken, als wenn er schliefe. Eine Zeitschrift lag zu seinen Füßen. Sie schien ihm aus der Hand geglitten zu sein. Er hatte ein friedliches Lächeln auf den Lippen und schlummerte anscheinend selig.
Peters Herz tat einen Sprung. »Er ist da. Wohl nur eingeschlafen. Endlich können wir mit ihm reden! Er wusste, dass Wolfgang der leibliche Sohn von Albert Goldbauer war. Dann kann er uns auch noch was zu Frau Zander-Fillt sagen!« Er klopfte laut ans Fenster. Doch der alte Mann regte sich nicht. Hermann schlug mit der flachen Hand dagegen - kein Mucks. Gleichzeitig hämmerten und klopften die beiden Kommissare ans Fenster. Die Verzweiflung stieg. Denn ihnen war gerade klar geworden, dass ihr einziger Hoffnungsschimmer in diesem vermaledeiten Fall tot sein könnte. So wie es aussah, wohl friedlich im Schlaf ins Jenseits gewandert. Aber beide wollten es einfach nicht wahrhaben!
»Hör auf, das hat keinen Sinn«, sagte Peter schließlich und legte seine Hand auf Hermanns Arm. Er holte sein Handy aus der Tasche und rief den Arzt.
Nach gut zehn Minuten war dieser da, untersuchte den alten Mann kurz und stellte den Totenschein auf »natürliche Todesursache« aus. Rumpelstilzchen war wirklich im Schlaf gestorben.

»Was machen wir jetzt?«, fragte Hermann und blickte seinen Kollegen hilflos an.
»Frührente beantragen«, kam die Antwort prompt.

Kapitel 20

»Spinnst Du? Wir geben doch nicht auf. Wir brauchen lediglich Infos. Der Mörder muss aus dem Bekanntenkreis der Goldbauers kommen. Und wenn die Zander-Fillt auch noch vor langer Zeit deren Haushälterin war, haben wir doch unsere Verbindung!«, wetterte Hermann der sich über Peter ärgerte. Der ließ doch sonst nicht so schnell den Kopf hängen!
»Du hast Recht. Ich denke, dass Goldbauer Senior noch zu Hause ist. Das bedeutet, wir können in sein Architekturbüro fahren und Erkundigungen einziehen. Wenn der Boss nicht da ist, sind die Angestellten gesprächiger. Wir brauchen eine Spur«, riss sich Peter zusammen. Die Kommissare stiegen ins Auto und fuhren auf den Gügling zum Goldbauer'schen Büro.

»Warum ist der rote Milan schützenswerter als die Menschen, die auf dem Aussiedlerhof leben?« Ein aufgebrachter Gemeinderat aus Amalienstadt war im Dorfhaus aufgestanden und stellte diese Frage an die Windkraft-Investoren.
»Weil sie nicht fliegen – uns somit auch nicht in die Rotorblätter geraten können«, kam die prompte Antwort.
»Die Fronten sind verhärtet – und bleiben es wohl auch«, dachte Ira. Sie hatte gerade einen halbstündigen Vortrag hinter sich. In diesem hatten die Investoren den Bürgern aus Amalienstadt ihr Vorhaben erläutert. Rund 36 Windräder wollten

sie stellen, sofern die noch ausstehenden Artenschutzgutachten positiv waren und dies zuließen. Einzig besagter roter Milan oder Fledermäuse könnten die Anzahl der Windräder dezimieren. Der Windpark würde aber auf der Nachbargemarkung, im Bereich der Gemeinden in Richtung Göppingen, stehen. Sprich, Amalienstadt konnte sich Gewerbesteuereinnahmen abschminken, hatte aber den Windpark im Süden der Gemeinde immer im Blick. Zwar wollten die Investoren vom Ort weit weg bleiben, aber die Außengehöfte würden doch erheblich näher an den Rädern stehen. Und eben dieser Umstand hatte den Bürger veranlasst, den Vergleich mit dem Vogel zu ziehen. Die Gemeinden, die die Gewerbesteuer erhalten würden, hätten den Windpark im Norden, also nicht im Blickfeld, wenn deren Bürger auf ihren Terrassen saßen. »Ganz schön ungerecht«, fand Ira. Und mit dieser Meinung war sie nicht allein, wie man aus den lauten Protesten der Bürger im Saal heraushörte. Die Journalistin blickte zu Bürgermeister Timotheus Kühn. Dieser verfolgte mit regungsloser Mimik das Geschehen. »Sieht einem Chorknaben ähnlich. Immer korrekt gekleidet, geschniegelt und gebügelt. Ist aber ein schlauer Fuchs, wenn's um Zuschussanträge geht«, dachte sie sich.

»Wem gehört der Boden? Gibt es bereits Pachtverträge?«

»Ja, alles ist geregelt. Es ist ein Großgrundbesitzer, dem die ganze Fläche gehört«, bestätigte der Investor.

Hörbar stießen die Bürger die Luft aus. Ihnen war klar, dass sie wohl nichts gegen den Windpark unternehmen konnten, da der Grundstücksbesitzer einverstanden war. Zumal die Landesregierung ohnehin die Windkraft privilegieren wollte. Und gegen »Windmühlen« wollte man nun wirklich nicht kämpfen wie einst Don Quichote! Das wäre aussichtslos.
»Der Großgrundbesitzer hat sich da ein schönes Einkommen gesichert. Wenn von den angestrebten 36 Windanlagen auch nur 20 genehmigt werden, braucht der keinen Finger mehr krumm machen dank der Pachteinnahmen«, begann die Journalistin zu rechnen. Ein guter sechsstelliger Betrag pro Jahr war da durchaus realistisch!
»Das kann ja nur der Baron sein. Aber der ist doch vor ein paar Tagen gestorben!«, rief ein Bürger laut in den Saal.
»Die Verträge sind bereits vor Wochen unterzeichnet worden«, erklärte der Investor.
»Glückliche Erben«, ging es Ira durch den Kopf. Sie hatte genug gehört. Infos für den Artikel hatte sie bereits und Bilder hatte sie auch gemacht. »Zeit zu gehen«, dachte sie, blickte auf die Uhr – und stand auf. Beim Verlassen des Saals nickte sie Bürgermeister Timotheus Kühn zum Abschied zu. Fünf Minuten später zuckelte sie hinter einem Mehrachser die Steige nach Heubach hinunter.

Zur gleichen Zeit stand das Phantom vor dem Spiegel. »Ich bin raus. Keiner wird mir auf die

Schliche kommen. Die Polizei hat keine Ahnung, wo sie ansetzen soll. Herrlich. Ohne Ziel und Spur tappen die noch wochenlang im Dunkeln. Ich bin einfach grandios.«

»Wer erbt wohl?«, fragte sie sich. »Da muss ich doch mal einen Blick ins Internet werfen. Der Adel präsentiert sich da ganz gut.« Ihre Neugier war geweckt, sie nahm sich vor, ein wenig über den Großgrundbesitzer zu recherchieren. War das womöglich der, dessen Todesanzeige am Sonntag noch reingekommen war? Der Bürger hatte ja gemeint, dass dieser gerade erst verstorben war. Da Ira nicht die Zeitung von hinten nach vorn las, wie so viele, sondern die Todesnachrichten eher überblätterte, hatte sie nicht auf den Namen des Adligen geachtet. »Muss ich nachlesen«, beschloss sie.
Auf dem Weg zur Redaktion kam sie durch Bargau. »Ob ich noch aktiv im Journalismus tätig bin, wenn die Ortsumfahrung gebaut wird?«, ging es ihr durch den Kopf. Die Antwort stand in den Sternen.

Nicht in den Sternen, dafür aber im Vorzimmer des Architekturbüros, standen zur selben Zeit Peter Brand und Hermann Wöllnert.
»Guten Tag. Herr Goldbauer hat uns heute angekündigt, dass Sie kommen werden«, begrüßte eine ältere Dame sie freundlich. Peter schätzte sie auf Anfang 60. Sie war sehr gut angezogen. Ein gepflegtes Kostüm in dunklem Grün. Es passte

hervorragend zu ihren grünen Augen. Ihr Parfüm war unaufdringlich, aber exklusiv. Sie war das typische Bild einer Sekretärin, die so manches Mal mehr wusste als der Chef selbst.
Eine starke Stütze. Kompetent und immer darauf bedacht, dass es dem Boss gut ging. »Die kann auch anders«, war sich Peter sicher. Im Geist sah er sie an ihrem Schreibtisch sitzen und plötzlich Feuer spucken. Nur weil jemand ohne Termin ins Büro des Chefs gehen wollte.
»Für die Herren ein Tässchen Kaffee?« flötete sie. Die beiden Kommissare lehnten dankend ab.
»Wir wollten mit jemandem sprechen, der sich hier sehr gut auskennt. Ich nehme an, dass wir bei Ihnen genau an der richtigen Adresse sind«, stellte Peter charmant fest.
»Bingo!« amüsierte sich Kollege Hermann. Wenn Peter eins konnte, dann Sekretärinnen um den Finger wickeln. Denn die Angesprochene fuhr sich wichtig durchs Haar und lächelte.
»Ich helfe Ihnen, wo ich kann. Dann gehen wir doch ins Besprechungszimmer?«, sagte sie, öffnete eine Glastür und machte eine einladende Bewegung. Die beiden Kommissare nickten und folgten ihr.

Ira war mittlerweile in der Redaktion angekommen und ging die Todesanzeigen durch. »Da ist sie ja«, dachte sie und nahm sich das Blatt heraus. »Plötzlich und unerwartet wurde Baron Ludwig von Habwas-Odernich aus dem Leben gerissen«, stand da. Ira studierte die Anzeige weiter. »Oh,

da war heute Mittag die Beerdigung. Da stand bestimmt die Familie mit Taschentuch und Taschenrechner am Grab. Tatsächlich, der ist von Göppingen. Muss ja dann wohl der Großgrundbesitzer sein«, schlussfolgerte sie.
Da fiel ihr ein lieber Kollege ein, der bei der Göppinger Zeitung arbeitete. Klaus. Sie trafen sich sporadisch bei Versammlungen oder Fortbildungen des Journalistenverbands. »Der kann mir bestimmt Näheres berichten«, hoffte sie und griff entschlossen zum Telefon.
»Ira, so eine Freude. Ich hab' lange nichts mehr von Dir gehört«, meldete sich Klaus bereits beim zweiten Klingeln.
»Grüß Dich, Klaus. Du, ich hätte da mal eine Frage …«
Ira plauderte gute zehn Minuten. Was sie dabei erfuhr, ließ ihre Augen aufblitzen. Ihr Instinkt hatte sie nicht getrogen. Es ging wirklich um sehr viel Geld bei dem Windpark. Für noch mehr Informationen hatte sie noch eine andere Quelle aus dem Göppinger Raum. »Jetzt noch Uwe Kempf«, griff sie abermals zum Telefon. Ira fragte sich durch und hatte schließlich Uwe am Apparat. Er war Brauereibesitzer und nutzte neben gutem Albquellwasser den goldenen Weizen von Albbauern für sein leckeres Bier. Außerdem war er aus Geislingen – und kannte somit Hinz und Kunz in dieser Gegend.
»Servus Uwe. Du kennst doch bestimmt den Baron, der vor ein paar Tagen das Zeitliche gesegnet hat? Kannst Du mir was zu ihm erzählen?«
»Klar doch. Er war ein richtig guter Mann, setzte

sich sehr für die Region ein. Du weißt schon, Adel verpflichtet«, berichtete der Brauereibesitzer.

»Hat er Familie?«

»Nein, er war Zeit seines Lebens unglücklich verliebt. Mein Vater kannte ihn ganz gut. War vor meiner Zeit. Aber des Barons Herz hat nur für eine geschlagen. Die jedoch brannte mit einem Studenten durch. Ihre Eltern waren damals stinksauer. Papa hat erzählt, das war ein richtiger Skandal. Sie haben dann auch geheiratet. Seit dieser Zeit hat der Baron keine mehr angeguckt. Er heiratete nie. Allerdings ist die besagte Dame wohl immer seine beste Freundin geblieben, wenn ich es recht weiß. Als mein Vater bei der Jubiläumsfeier die Brauerei an mich übergab, war sie, denke ich, auch unter den Gästen. An der Seite des Barons«, berichtete der Brauereibesitzer. »Ich sehe noch vor mir, wie sich die beiden unterhielten. Mein Vater hat mich ihr damals vorgestellt. Sie und der Baron wirkten wie eine Einheit. Wie Bruder und Schwester. So viel Herzlichkeit und Vertrautheit habe ich in diesen gehobenen Kreisen selten erlebt. Er hätte sie als Gatte mit Sicherheit auf Händen getragen. Sie war eine sehr attraktive Frau.«

»War die Presse auch da?«

»Klar. Warum?«

»Da wurde dann doch bestimmt auch ein Foto geschossen – und ein Artikel geschrieben?«, hoffte Ira.

»Natürlich. Ich habe ihn abgeheftet. Willst Du ihn per Fax?«, bot der Brauereibesitzer an.

»Sehr gern.« Ira gab ihm die Fax-Nummer, bedankte sich herzlich und verabredete sich mit ihm fürs nächste Dorffest in Mutlangen. Denn dort würde er wieder beim Fassanstich auf der Bühne sein Bier parat halten. Ira legte auf.
Wenige Minuten später klingelte das Telefon in der Redaktion. »Tut mir leid, ich kann den Ordner nicht finden. Da muss ich meine Sekretärin fragen. Soll ich Dir den Artikel nach Hause faxen?«, entschuldigte sich Uwe.
»Das wäre lieb. Hoffentlich findest Du ihn. Es wäre mir sehr wichtig.«
»Ich tu' mein bestes. Weißt Du, wir bereiten gerade eine Werbekampagne vor. Da wird auch auf unsere Firmengeschichte eingegangen. Wahrscheinlich liegt der Ordner deshalb in der Marketingabteilung. Ich schau danach«, versprach der Brauereichef. »Kann aber ein bisschen dauern.«
»Kein Problem, ich danke Dir«, flötete Ira und legte auf. Sie suchte sich einen freien Computer und begann ihren Artikel über die Bürgerversammlung in Amalienstadt zu schreiben. Da kam der Boss ins Zimmer.
»Könntest Du die Einweihung des Schulmuseums am Samstag machen?«, erkundigte er sich.
»Mit Freuden«, nickte Ira. Seit 21 Jahren hatte Gisela Fatzer, eine ehemalige Lehrerin, für dieses Museum gekämpft. Verzweifelt hatte sie dafür einen passenden Standort gesucht. Und ist nicht gerade auf offene Türen bei ihren Anfragen gestoßen. Unermüdlich hatte sie weitergemacht. Ihr historisches Klassenzimmer, das es

nun schon in Spraitbach, in Baldern und auch in Heubach gab, kam gut an bei den Besuchern. Sogar der Landrat hatte von ihr »im Unterricht« Tatzen bekommen. Mit der Begründung: »Vorlaut können Sie vielleicht im Kreistag sein – aber nicht in meinem Unterricht!« Ein Förderverein war gegründet worden. Und jetzt, nach 21 Jahren, konnte das Museum mit seinen drei Räumen in die Klösterleschule in Schwäbisch Gmünd einziehen. Ein später Triumph. Ira hatte große Hochachtung vor so viel Idealismus. Daher würde sie tatsächlich sehr gern über diese Einweihung berichten.
»Prima«, nickte der Boss ihr zu und ging wieder aus dem Büro. Sie widmete sich erneut ihrem Artikel. »Was wohl Peter gerade macht?«, überlegte sie dabei.

Die beiden Kommissare saßen gemütlich in einer Art Lounge-Ecke im Besprechungszimmer des Architekturbüros und lauschten den Ausführungen der Sekretärin. Die genoss offensichtlich, dass ihr die beiden Herren an den Lippen hingen. Hermann fühlte sich pudelwohl und musterte gerade einen Andy-Warhol-Kunstdruck. Er ließ Peter die Arbeit machen. Heimlich tastete Hermann in seiner Jackentasche. »Hab ich noch einen Schokoriegel?« Wenn nicht, würde er gleich nach dem Gespräch an der nächsten Tankstelle einen kaufen. Sonst käme er auf Entzug!
»Wie gesagt, Carmen war eine sehr talentierte und fleißige Architektin. Ihre Hauptaufgabe war

die Sanierung von denkmalgeschützten Häusern. Da war sie echt klasse. Sie kam gut mit der Denkmalschutzbehörde aus. Fand immer passende Kompromisse. Ihr Vater war sehr stolz auf sie. Unglaublich, dass sie jetzt tot sein soll.« Es war nicht zu überhören, dass die Sekretärin Carmen gern gehabt hatte. Und, was man ihren Ausführungen entnehmen konnte, wohl auch recht gut über das Privatleben ihres Chefs Bescheid wusste. Sie war sehr auskunftsfreudig - und Hermann, der zu seiner Erleichterung noch einen Schokoriegel gefunden hatte, kam kaum hinterher, sich Notizen über das Gehörte in sein kleines Büchlein einzutragen.

»Wie ihr Verhältnis zum Bruder war? Oh, da dürfen Sie mich nicht fragen. Er arbeitet seit geraumer Zeit in einem anderen Büro.«

Plötzlich war die Informationsquelle versiegt. Die Sekretärin wich aus. Und bekam einen fast lauernden Gesichtsausdruck. Sie war auf der Hut und wollte Peters locker gestellte Fragen nicht mehr so beflissen beantworten. Sie wurde nervös, zupfte an ihrem Rock herum. Was Peter nicht entging. »Jetzt wird sie vorsichtig« dachte er bei sich.

»Carmen Goldbauer und ihr Verlobter hätten das Büro übernehmen sollen?«, setzte er die Befragung unbeirrt fort.

»Ja«, kam die knappe Antwort. Auf der Stirn der Sekretärin zeigte sich plötzlich eine Falte. »Oh, das geht jetzt ja nicht mehr! Wie geht es dann wohl weiter?«, dachte sie laut nach. Als hätte sie

jemand ermahnt, stand sie plötzlich auf und nahm eine steife Haltung ein.
»So, meine Herren. Ich denke, ich habe ihnen alles gesagt, was ich weiß.«
»Bestimmt nicht. Aber mir fällt gerade keine Frage mehr ein« antwortete Peter ihr in Gedanken. Laut erkundigte er sich - eigentlich ohne Grund - nach dem letzten Auftrag von Carmen Goldbauer.
»Sie hat ein Gutshaus aus dem 17. Jahrhundert saniert. Sehr aufwändig. Vor kurzem abgeschlossen. Der Auftraggeber war begeistert«, kam die schnelle Antwort.
Peter und Hermann verabschiedeten sich von der Sekretärin. Das Büro war menschenleer, zwischenzeitlich waren die anderen Angestellten in den Feierabend gegangen. Weitere Befragungen müssten also warten.
»Mir reicht's für heute. Ich ruf' jetzt noch den Chef an und dann machen wir Feierabend«, schlug Peter vor. Hermann nickte. Es war schon nach acht.
»Morgen früh gehen wir wieder ans Werk. Mal schauen, ob die Kollegen bei den Befragungen der Nachbarn noch irgendwas rausgekriegt haben.«
Die beiden Kommissare stiegen wieder ins Auto, Peter gab dem Chef telefonisch Bescheid, was Ihnen die Sekretärin erzählt hatte. Bei der Fahrt hingen beide ihren Gedanken nach.
»Hoffentlich ist Ira schon daheim. Ich brauch' sie zum Reden«, ging es Peter durch den Kopf.
»Reicht mein Schokoriegel, bis ich zu Hause bin? Oder muss ich doch noch zur Tankstelle«, grübelte Hermann derweil.

Kapitel 21

»Was für eine hübsche Frau.« Chefredakteur Fritz Hagen beugte sich im Layoutbüro über eine Zeitungsseite. Ira, die ihren Artikel über Amalienstadt auf den Drucker geschickt hatte und diesen gerade abholte, hörte ihn. Neugierig ging sie zu ihm ins Zimmer und blickte über seine Schulter. Er deutete auf eine Todesanzeige, die mit einem Portraitbild versehen war. Es handelte sich um Carmen Goldbauer.

»Sie sieht irgendwie aus wie Sissi«, befand Ira.

»Stimmt. So freundlich und anmutig«, nickte der Boss. »Irgendwie edel.«

»Und jetzt ist sie tot«, bedauerte die Journalistin kopfschüttelnd.

»Bleibt zu hoffen, dass dein Peter den Mörder findet. Der hängt da doch bestimmt dran?«

»Ja. Aber momentan sieht's eher mau aus. Verzwickte Sache«, murmelte Ira, drehte sich um und ging ins andere Büro.

»Wird schon werden. Wenn nicht, musst Du ihm eben helfen«, stellte er fest – und ging ebenfalls in sein Büro zurück.

»Mist«, hörte sie ihn kurz darauf laut ausrufen.

»Was ist los?«, fragte sie und eilte in sein Büro. Es musste was passiert sein. Denn normalerweise war Fritz Hagen eher von der ruhigen Sorte, schimpfte selten.

Er sah sie mit tieftraurigem Blick an. In der einen Hand hielt er eine Walnuss, in der anderen Hand seinen Nussknacker. Er hob letzteren hoch:

»Jetzt ist er kaputt!«
»Oh weh, soll ich den Nussknacker-Notdienst rufen?«, fragte Ira hilfsbereit und grinste schelmisch.
»Sehr witzig«, maulte der Boss. Wie sollte er den Abend nur ohne Nüsse überstehen?
»Also, ich bin dann mal weg. Bis morgen. Nein, bis übermorgen. Morgen hab' ich ja keinen Termin«, sagte Ira und winkte zum Abschied.
»Bis jetzt …« murmelte er vor sich hin. Ira lachte. »Ja«. Sie schnappte sich ihre Handtasche und verließ die Redaktion. Zielstrebig wandte sie sich auf der Straße nach links zu ihrem Auto.
Aber halt, wo hatte sie es geparkt? Sie kratzte sich am Kopf und grübelte. Eigentlich hatte sie doch hier längsseits geparkt! Aber da war ihre Karre nicht! Da fiel es ihr plötzlich ein: Sie hatte ja seitlich, links, neben der Redaktion geparkt!
»Hoffentlich sieht mich keiner«, wünschte sie sich, drehte sich um und ging in die andere Richtung. Es war einfach blöd, wenn man immer woanders parken musste. Eben da, wo frei war. Wenn sie öfters in der Woche und auch manchmal mehrmals am Tag in die Redaktion fuhr, musste sie sich immer mit dem Platz begnügen, der gerade frei war. Da konnte man schon mal durcheinander kommen, fand sie. Wenn sie dann aber immer wieder beim Verlassen der Redaktion erst in die falsche Richtung ging – das war schon peinlich! Sollte sie dabei einer beobachten, musste der ernsthaft an ihrem Verstand zweifeln. Oder glauben, dass das bei ihr ein Ritual war!

»Aaaah«, stöhnte sie laut und schleuderte eine Viertelstunde später genüsslich ihre Schuhe von sich. Sie war froh, zuhause zu sein. Leichtes Kopfweh hatte sich hochgeschlichen. »Wird Zeit, dass ich einen Happen einwerfe«, sagte sie sich, schlurfte mit ihren übergroßen Hausschuhen zum Kühlschrank und öffnete ihn erwartungsvoll.
Pech nur, dass Iras Kühlschrank sich zwar selbstständig abtauen, aber nicht selbst füllen konnte. Ein Joghurt, eine Milch, Schokolade, Wein, Scheibenkäse, eine geöffnete Wurstdose und sonst gähnende Leere blickten ihr entgegen. Gefrustet griff sie sich den Joghurt. Der Blick aufs Verfallsdatum zeigte ihr, dass er irgendwann kurz nachdem die Kelten die Regentschaft übernommen hatten, hergestellt worden war. Wütend warf sie ihn weg. Vorsichtig schnupperte sie in die Wurstdose. Peter hatte diese mal wieder geöffnet, den übrig gebliebenen Inhalt aber nicht auf einen Teller mit Klarsichtfolie gepackt. Nein, er hatte den Deckel wieder draufgemacht. »Riecht irgendwie wie Hundefutter«, schimpfte Ira und zog die Nase kraus.
»Ich kann doch nicht schon wieder eine Pizza bestellen«, grummelte sie ärgerlich vor sich hin. Und für die Figur war es auch nicht gerade das Beste! Ihre Gedanken wurden durch das Öffnen der Wohnungstür unterbrochen. Peter war heimgekommen.
»Ich brauch' heute dringend eine Lasagne, was meinst Du? Egal, wenn wir auch gestern bereits italienisch gegessen haben. Das muss einfach sein. Bist Du dabei? Du hast doch hoffentlich noch

nicht damit begonnen, etwas zu kochen?«
Mit fragendem Blick kam er in die Küche. Ira machte eiligst den fast leeren Kühlschrank zu, lächelte ihn engelsgleich an und zog die Schultern hoch. »Jetzt wollte ich tatsächlich gerade anfangen. Aber wenn Du lieber Lasagne willst …«
»Du bist ein Schatz.« Peter ging zu ihr und zog sie an sich.
»Dein Wunsch ist mir doch Befehl«, flüsterte Ira ihm liebevoll ins Ohr. Dabei hoffte sie, dass er keinen Blick in den Kühlschrank werfen würde. Aber da bestand keine Gefahr. Denn als er sich aus der Umarmung gelöst hatte, ging er geradewegs ins Wohnzimmer und griff sich das Telefon. »Magst Du auch Lasagne – oder lieber was anderes?«
»Heute mal Spaghetti Rosa«, rief ihm Ira zu.
Peter bestellte das Essen. »In zwanzig Minuten kann ich es abholen. Ich hüpf' dann mal rasch unter die Dusche.« Und schon war er im Bad verschwunden. Ira nutzte die Gelegenheit, um sich kurz an ihren Computer zu setzen. Dabei fiel ihr Blick aufs Faxgerät. Ein Blatt schimmerte ihr entgegen. Sie angelte es sich und warf einen Blick drauf.
»Oh, klasse, Uwe hat den Artikel vom Brauereijubiläum gefunden! Auf den ist einfach Verlass!« Sie verengte ihre Augen und versuchte, jemanden auf dem Foto zu identifizieren. Doch es handelte sich um ein gefaxtes Bild. Daher war die Auflösung miserabel und die Gesichter darauf waren kaum zu erkennen. Kam erschwerend hinzu, dass Ira ihre Lesebrille nicht aufhatte. »Wo ist das Mistding schon wieder?«, blickte sie sich suchend um.

Doch das dumme Gestell machte keinen Mucks. Die Journalistin durchstreifte mit Blicken das Arbeitszimmer. Nichts! Sie stand auf und ging ins Wohnzimmer. Auch nichts! Sie überlegte krampfhaft, wann sie die Brille zum letzten Mal getragen hatte. Da kam ihr die Erleuchtung. Im Bett! Sie grinste frech vor sich hin. Nein, für Peters Ausrüstung brauchte sie kein Vergrößerungsglas. Anders war das mit dem Buch, das sie gerade las! Schnurstracks ging sie ins Schlafzimmer, wo die Brille auch tatsächlich auf ihrem Nachtkästchen lag. Als sie gerade danach greifen wollte, rief Peter durch die Badtür: »Könntest Du mir ein Handtuch bringen? Hier hängt keins!«
Lachend ging Ira zum Schrank und zog das Gewünschte hervor. Sie hatte zwar das gebrauchte Handtuch nach ihrer morgendlichen Duschaktion in den Wäschekorb getan, aber kein Neues hingehängt. »Typisch ich«, amüsierte sie sich. Laut rief sie: »Alle in der Wäsche, sorry.« Dabei stellte sie sich vor die Badtür und zählte vor sich hin: Einundzwanzig, zweiundzwanzig ...« Da ging die Tür auf und Peter trat in den Gang. Wie Gott ihn erschaffen hatte.
»Ich sag' doch, heut ist ein Scheißtag. Ich tropf' hier alles voll ...« stutzte Peter. Lachend schleuderte sie ihm das Handtuch entgegen.
»Deine Witze sind schlecht«, brummelte er, während er es auffing und sich abtrocknete.
»Deine Laune auch, Du Brummbär«, konterte Ira.
»Entschuldige bitte. Aber was für eine Laune hättest Du, wenn Du zwei Leichen hättest und eine

wichtige Informationsquelle kurz vor der Befragung eines natürlichen Todes stirbt. Ach ja, hab' ich vergessen - und wenn Dein Hauptverdächtiger plötzlich zum Unschuldslamm wird?« Der Kommissar blickte Ira so mitleidserregend an, dass sie schon wieder kichern musste.

»Du solltest Dich mal sehen! Kuck nicht so traurig, zieh Dich lieber an, sonst erkältest Du Dich noch - und die Lasagne wird kalt!«

»Oh«, sagte Peter und verschwand im Schlafzimmer. Ira hatte dann aber doch Mitleid mit ihm. »Ich fahr' kurz das Essen holen. Machst Du schon mal einen Wein auf?«, sagte sie, schnappte sich ihre Autoschlüssel und verschwand durch die Tür. Sein »Danke, Mausi« aus dem Schlafzimmer hörte sie nicht mehr. Besser so! Denn sie hasste es, wenn er sie so nannte!

Knapp zehn Minuten später war sie wieder da. Peter hatte inzwischen die Flasche Wein vom Vortag, die noch halb voll war, aus dem Kühlschrank geholt. Und dabei gesehen, dass dieser kaum etwas Essbares enthielt. »Soso, Du wolltest also gerade mit Kochen anfangen«, grinste er vor sich hin. Jetzt saß er in Erwartungshaltung auf dem Sofa und nahm die Aluminium-Behältnisse mit der Lasagne entgegen.

»Schade, vielleicht hätte ich doch Dein Gekochtes abwarten sollen. Das wäre bestimmt ganz leicht gewesen. Nicht so schwer wie die Lasagne«, stellte er mit lauerndem Blick fest.

»Nanu, bist Du auf einmal figurbewusst?«, konterte Ira mit fragendem Blick.

»Nein, aber ich hab' noch nie ein Luftmenü gegessen. Schmeckt das nach gar nichts – oder eher herzhaft?«, grinste er sie breit an. Ira ging ein Licht auf, als sie die Weinflasche auf dem Tisch sah.
»Ertappt, Herr Kommissar«, gab sie zu und ließ sich aufs Sofa fallen. Dabei streckte sie ihm ihre beiden eng aneinandergelegten Handgelenke entgegen. »Werd' ich jetzt verhaftet?«
»Nein. Ich würde viel lieber den Sohn der Goldbauers verhaften. Mein Gefühl sagt mir, dass er mit den Morden zu tun hat. Aber schon wegen der Blutspur auf dem Pflasterstein kann er es nicht gewesen sein. Er ist ja der Halbbruder der Toten. So ein Mist. Dann wollte ich Dein Rumpelstilzchen wegen der Nachbarn befragen …«, legte Peter los. Und während sich beide der leckeren Lasagne widmeten, schilderte er ihr seine Erlebnisse des Tages. Die Journalistin hörte aufmerksam zu.
»Vielleicht solltet Ihr euch mehr um die Vergangenheit von Frau Zander-Fillt kümmern?«, schlug sie vor.
»Da hast Du Recht. Ich denke auch, dass wir das bislang sträflich vernachlässigt haben«, nickte Peter.
»Was hat Dir Herr Goldbauer über sie gesagt? Wo ist sie, nachdem sie ihm und seiner Frau das Kind überlassen hat, hingegangen?«
Peter dachte kurz nach. »Seine Gattin hat ihr Arbeit bei einem Freund vermittelt.«
»In Gmünd?«
»Nein, irgendwo außerhalb. Warte mal, die Schwester von Gabriele Zander-Fillt hat uns

doch erzählt, wo sie war.« Peter stand auf, ging ins Schlafzimmer, schnappte sich seine Jacke und zog sein Notizbuch raus. Er kam damit wieder ins Wohnzimmer. Nach kurzem Blättern las er etwas intensiver: »Sie hat einem Adligen im Göppinger Raum den Haushalt geführt. Und den wollte sie sich wohl angeln. Ging aber in die Hose«, erklärte er. »Komisch fand ich auch, dass ihre Schwester immer wieder betonte, was für eine böse und schlechte Frau die Zander-Fillt gewesen sei.«
»Sie muss es wissen, sie kennt sie ja ihr Leben lang«, befand Ira.
»Wir werden uns morgen nochmal mit ihr unterhalten. Da muss es doch mehr an Informationen geben. Vielleicht red' ich auch mit dem früheren Arbeitgeber. Bei dem war sie ja bis zu ihrer Pensionierung«, nahm sich der Kommissar vor. »So viele Adlige wird es hier in der Region nicht geben. Ich frag' mich nur, was die Zander-Fillt mit der Carmen Goldbauer zu tun hatte. Die kam doch erst auf die Welt, als die Zander Fillt bereits weg war. Denn der Bruder ist gute zwei Jahre älter«, grübelte er.
»Sag' mal, was hat Carmen Goldbauer eigentlich im Büro gemacht? Die Tochter des Chefs gespielt?«, erkundigte sich Ira.
»Sie war ebenfalls Architektin. Wohl auf Denkmalschutz spezialisiert. Ist da offenbar gut rumgekommen. Ich denke, sie war ganz kompetent und hat sich nicht wie eine eingebildete Ziege benommen. Die Sekretärin sprach sehr wohlwollend von ihr«, erzählte Peter.

Er blätterte in seinem Notizblock weiter. »Die einzige, die nicht viel von ihr hielt, war die Zander-Fillt. Sie hat gesagt, dass die Mutter sie stets »Prinzessin« genannt hat. Und dass Carmen dachte, sie sei etwas Besseres. Eben wie die Mutter.«
»Logisch, dass die nicht gut auf Mutter und Tochter zu sprechen war. Sie wollte sich den Mann angeln – und hat verloren. Und ihr Sohn, den er mit ihr gezeugt hat, war dann wohl auch nicht so viel wert wie die Tochter der beiden. Er ist ja ein Bastard. Mein Gott, wie im Mittelalter, illegitime Nachfahren«, amüsierte sich Ira. »Das gibt beim Erben mal Streit! Früher wurden wegen der nebenraus gezeugten Kinder auch Kriege angezettelt! Gott sei Dank leben wir jetzt!«
»Ist es so viel besser geworden?«, fragte Peter sich. Er konnte ein Liedchen davon singen, was Menschen sich alles für Geld antaten!
»Hast ja Recht«, winkte Ira ab. Aber ich glaube eben gern an Märchen und an das Gute im Menschen! Raub mir meine Illusion nicht!«, bat Ira.
»Schon gut, träum weiter. Apropos träumen, ich leg' mich jetzt hin. Ich bin auf einmal schrecklich müde«, gähnte Peter.
»Geh schon mal vor, ich möchte noch ein bisschen arbeiten. Mich lässt der Windpark nicht los. Muss noch was nachschauen«, sagte Ira, erhob sich und ging Richtung Arbeitszimmer.
»Prima, bis Du dann kommst, hab' ich vielleicht schon den ersten Raummeter Holz verarbeitet und werde leiser«, spottete Peter.
Ira drehte sich um. »Jetzt kannst Du aber wei-

terträumen«, tippe sie sich an die Stirn. Peter schnarchte so erbarmungslos, dass sie schon oft ins Wohnzimmer umgezogen war.
»Du arbeitest eh' wieder die Nacht durch. Macht also gar nichts aus, wenn ich mich um das Holz im Schwäbischen Wald kümmere.«
Die Journalistin war ein richtiges Nachttier. Nach Mitternacht hatte sie oft die besten Einfälle. Wenn es draußen ruhig war, konnte sie sich am besten konzentrieren. »Ich hab' morgen frei. Wenn Du gehst, leg ich mich hin«, kündigte sie an und ging endgültig ins Arbeitszimmer. »Halt, meine Brille«, erinnerte sie sich und lenkte ihre Schritte noch kurz ins Schlafzimmer. »Aber jetzt«, schnappte sie sich diese. Dann schlurfte sie ins Arbeitszimmer und machte das Licht an, griff sich das gefaxte Bild und studierte es eingehend. »Wolfgang, sein Vater, ein Unbekannter und eine Frau. So, so. Muss schon ein paar Jährchen her sein«, dachte sie – und blickte aufs Erscheinungsdatum. Der Artikel hatte vor fast 25 Jahren in der Zeitung gestanden. Sie las den Bildtext: »Uwe Kempf Junior übernimmt die Leitung der Brauerei von seinem Vater. Unter den Jubiläumsgästen befand sich auch Baron Ludwig Habwas-Odernich mit Begleitung.« Ira stutzte und sah sich das Bild genauer an. Das war also der Baron. Eine ganz schöne Schnitte, mit braunem Haar. Vielleicht ein bisschen langweilig, aber solide. Und die Frau neben ihm war auch eine Hübsche. Blond, schlank, zierlich und sehr elegant gekleidet. »Die hat Stil«, kommentierte die Journalistin.

Sie legte das Blatt weg und schaltete den Computer ein.
»Moment, die kenn' ich doch!«, schoss es ihr durch den Kopf. Sie griff sich das Blatt nochmals und hielt es sich direkt vor die Nase. Durch die schlechte Rasterung konnte sie das Gesicht nur schemenhaft erkennen. Ira zog die Schublade auf und suchte ihre Lupe. »Da«, fischte sie sie erfreut aus dem Papierchaos, das in der Schublade wütete und triumphierte: »Wer aufräumt ist nur zu faul zum Suchen!« Sie beugte sich über das Blatt und nahm durch die Lupe das Frauengesicht in ihren Fokus. Gut, 25 Jahre sind eine lange Zeit. Aber dennoch. »Wie war das mit dem Mittelalter?«, fiel Ira das Gespräch mit Peter ein. »Und was sagte Rumpelstilzchen? Irgendwas von einem Kuckucksei?« Sie schlug sich mit der Hand auf die Stirn. »Das wäre ja der absolute Hammer!« Nochmals studierte sie das Bild mit Hilfe der Lupe. Ganz genau betrachtete sie dabei das Gesicht des Barons. »Oh ja«, flüsterte Ira leise und nickte immer stärker mit dem Kopf. »Da müsste ich mich schon sehr täuschen!« Sie lehnte sich zurück. Ihr kam plötzlich eine Szene in den Sinn: Rumpelstilzchen tanzte wie wild ums Feuer und sang: »Ach wie gut, dass niemand weiß …«
»Ich brauch einen Beweis«, sagte Ira und klickte die Suchmaschine im Internet an, gab den Namen des Barons ein. Sie klickte die Berichte zur Historie und Bilder von Personen dieses Adelsgeschlechts durch – und wurde fündig: »Ich werd' verrückt!« Sie starrte auf das Portrait der Mutter des Barons.

Fast eine halbe Stunde verharrte Ira auf ihrem Stuhl und blickte ins Leere. Vor ihren Augen lief ein Film ab, den nur sie sehen konnte. Immer wieder bewegten sich ihre Lippen. »Muss so sein« und »klar, das ist logisch« war von ihnen abzulesen. Dann strahlten ihre Augen plötzlich in ungewohnt tiefem Blau. Ira stand auf und nickte bekräftigend: »So muss es gewesen sein! Ist zwar echt chaotisch, aber nicht ungewöhnlich. Eine zutiefst gedemütigte Frau sollte man eben nie unterschätzen! Tja, Peter, Dein Schlaf muss warten. Es gilt, endlich zwei Morde aufzuklären!«, sagte sie, ging ins Schlafzimmer und rüttelte den bereits schlummernden Freund.
»Was ist los?«, war er total verblüfft.
»Komm mit ins Wohnzimmer, wir müssen reden. Die vielen kleinen Mosaiksteinchen setzen sich zusammen.«
»Lass mich in Ruhe, ich will schlafen. Außerdem hab' ich für Kunst nichts übrig. Das weißt Du doch. Also, hör auf von Mosaiken zu reden«, brummte Peter.
»Raus, jetzt. Oder willst Du morgen keinen Mörder verhaften?«, blaffte Ira ärgerlich zurück.
»Was?« Jetzt war der Kommissar hellwach. Flugs folgte er der Journalistin ins Wohnzimmer. Diese hatte das gefaxte Bild vor sich und legte daneben noch einen Zettel.
»Pass auf, jetzt wird's kompliziert - oder eigentlich auch gar nicht mal so sehr - wenn man es begreift ...«
Peter war ganz Ohr.

Kapitel 22

»Das ist ja der Hammer!« Zwei Augenpaare waren auf Peter gerichtet. Er hatte seinen Bericht beendet und Kollege Hermann samt Chef waren aus dem Häuschen.
»Ob das alles so stimmt, wird die Blutuntersuchung zeigen«, wurde der Chef dann aber sachlich.
»Eben. Deshalb werden wir zwei Hübschen jetzt den Herrn aufsuchen und zum Onkel Doktor bringen«, nickte Peter und sah Hermann an.
»Also, an die Arbeit!«, forderte sie der Chef in gewohnter Strenge auf.
Die beiden Kommissare ließen sich nicht zweimal fordern und standen auf.
»Und wenn das alles klappt, bekommt Ira einen großen Blumenstrauß von mir«, rief der Chef hinterher, als Peter gerade die Bürotür schließen wollte. Der nickte.
Eine halbe Stunde später klickten bei dem laut protestierenden Wolfgang Goldbauer die Handschellen um die Gelenke. Die Fahrt ging zum Polizeiarzt, der dem Verdächtigen Blut abnahm und die DNA ermittelte. Was natürlich geraume Zeit in Anspruch nahm. Diese nutzten die beiden Kommissare, um Goldbauer zu verhören. Sie führten ihn ins Besprechungszimmer an den Tisch und nahmen ihm gegenüber Platz. Er hatte einen hochroten Kopf und spuckte Gift und Galle:
»Was soll das? Was wollen Sie von mir? Ich hab' ein Alibi. Sie können mir gar nichts!«

Peter und Hermann ignorierten diesen Ausbruch. Sie waren es gewöhnt, dass ihnen immer nur »Unschuldslämmer« gegenübersaßen. Kein Thema.
»Ihr Blut wird es uns sagen, ob Sie schuldig sind«, warnte Peter seelenruhig. Dankbar dachte er an Ira. Er hatte ihre Instruktionen befolgt und gleich morgens den Notar angerufen, bei dem das Testament des Barons lag. Die Auskunft lautete genauso, wie sie Ira prophezeit hatte. Herrlich, diese Frau! Er hatte sich viel zu sehr auf Dinge konzentriert, die eigentlich für den Fall irrelevant waren. Sie hingegen hatte richtig kombiniert und ihre Kontakte bestens genutzt.
»Sie werfen mir allen Ernstes vor, dass ich meine Schwester und die olle Zander-Fillt umgebracht hab'? Soweit waren wir schon! Fällt Ihnen nichts Besseres ein?« Wolfgang Goldbauer schnaubte verächtlich. Wieder hatte er diesen arroganten Zug um seine Mundwinkel. Peter antwortete ihm nicht. Kollege Hermann war weniger gelassen: »Sie halten uns wohl für richtig dumm? Wenn Sie sich da mal nicht täuschen. Sie kommen schneller von ihrem hohen Ross herunter als ihnen lieb sein wird!«
»Pah. Sie können mir gar nichts! Meine Schwester und ich sind blutsverwandt. Auch wenn ich adoptiert wurde. Folglich müssen wir ja die ähnliche DNA haben.«
Peter betete innerlich, dass Ira Recht hatte. Aber es musste wirklich so sein! Da klingelte das Telefon.
Der Kollege vom Landratsamt meldete sich: »Wir haben an diesem Nachmittag tatsächlich einen

grauen Lieferwagen in der Buchstraße geblitzt. Ich hab das Bild bereits gemailt!«

Peter hatte ihn morgens angerufen und nach den Radarergebnissen gefragt. Paul Sautz, der Elektriker, hatte von eben diesem Lieferwagen geredet, der ihn fast geschrammt hatte. Und so war Peter die Idee gekommen, dass man auch einmal Glück haben könnte …

Der Kommissar ging in sein Büro und schaute im Computer in seinen Posteingang. Da war das Bild im Anhang. Er öffnete es und grinste breit. Da klingelte sein Handy und der Arzt war dran:

»Übereinstimmung. Es ist dasselbe Blut wie auf dem Pflasterstein. Klare Sache. Den Bericht schreib' ich noch, ich wollte nur gleich Bescheid geben«, sagte der und legte auf.

»Wenn's läuft, dann läuft's!«, freute sich Peter Brand und war versucht, mit dem ausgedruckten Bild ins Besprechungszimmer zu tanzen. Wollte sich voller Freude mindestens einmal um die eigene Achse drehen. Aber es hätte ihn ja einer sehen können! Daher ging er gemäßigten Schrittes zum Kollegen, dem gegenüber ein misstrauisch blickender Wolfgang Goldbauer saß. Ohne Worte ließ der Kommissar das Bild auf den Tisch flattern. Hermann schaute kurz drauf und sah plötzlich aus, als hätte er gerade von seinem Sechser im Lotto erfahren.

»Was soll das jetzt?«, fragte Wolfgang Goldbauer und blickte auch darauf.

»Ooch, nichts Wichtiges. Nur der Beweis, dass sie nicht bei ihrer Freundin Tamara waren, sondern mal kurz ins Gewandhaus zurückgefahren sind um Frau Zander-Fillt umzubringen!«

Erschrocken richtete sich Wolfgang Goldbauer auf. Um aber ganz schnell wieder Fassung zu zeigen. »Das ist so eine miese Qualität, da erkennt man eigentlich niemanden drauf. Das könnte irgendjemand sein. Damit kommen Sie nie durch. Mein Anwalt zerreißt Sie in der Luft.«

»Mag sein, dass Sie Recht haben. Die Qualität ist wirklich mies. Aber ich hab' noch was Besseres«, konterte Peter. »Etwas so Eindeutiges, dass Sie sich nicht mehr rauswinden können.«

»Was soll das sein?«, fragte der Verhaftete provozierend und lehnte sich betont lässig im Stuhl zurück.

»Ihr Blut auf dem Pflasterstein, mit dem Carmen Goldbauer erschlagen worden ist!«, schleuderte ihm Peter entgegen.

»Nein! Das kann nicht sein. Wir haben die gleiche DNA, sind Halbgeschwister! Da muss ein Irrtum vorliegen!«, kreischte der Verdächtige.

Peter schüttelte den Kopf: »Eben nicht! Dumm nur, dass Sie das nicht wussten!«

Wolfgang Goldbauer sah ihn fassungslos an. Er begriff überhaupt nichts mehr.

»Soll ich es Ihnen erklären?«, erkundigte sich Peter in schulmeisterndem Ton.

Goldbauer saß wie betäubt auf seinem Stuhl. Die Arroganz in seinem Blick war einem großen Fragezeichen gewichen.

»Also, passen Sie mal auf. Sie sind zwar der Sohn ihres Vaters, aber ihre Schwester nicht dessen Tochter. Capito?«

»Hä?«
»Ihre Schwester ist zwar die Tochter ihrer Adoptivmutter, aber eben nicht ihre Schwester! Deshalb können sie keine DNA-Übereinstimmung haben. Sie beide haben schlichtweg völlig unterschiedliche Eltern.«
Wolfgang Goldbauer begann hysterisch zu lachen. Er wurde immer lauter, sein Ton immer höher. Er wirkte, als würde er seinen Verstand verlieren. Schnell riefen Peter und Hermann einen Arzt, der den Verhafteten zunächst ruhigstellte. Das Verhör musste ausgesetzt werden. Goldbauer wurde in seine Zelle gebracht, wo die Beruhigungsmittel zu wirken begannen. Was sich für sein folgendes Leben auch nicht mehr ändern würde. Denn er hatte tatsächlich den Verstand verloren.

Kapitel 23

Jim saß in seiner blauen Latzhose am Küchentisch. »Darling, könntest Du mir das erklären? Ich kapier' das nicht!« Ira hatte ihm von der Verhaftung Wolfgang Goldbauers erzählt. Jetzt wollte der Amerikaner die ganze Geschichte hören.
»Aber gerne doch«, lächelte sie ihn an. »Dann reisen wir aber erst noch einmal in die Vergangenheit …«
Elvira Grimm muss eine hübsche junge Frau gewesen sein. Und war liiert mit dem jungen Baron Habwas-Odernich. Doch ein junger, draufgängerischer Architekturstudent aus Schwäbisch Gmünd »raubte« sie ihm: Albert Goldbauer. Der entführte sie in die Stauferstadt und sie heirateten. Der junge Baron blieb traurig auf seinem Schloss zurück. Typisch Adel, betete er fortan seine Geliebte aus der Ferne an – ohne jegliche Hoffnung.
Aus Elvira Grimm wurde Elvira Goldbauer. Leider meinte es der Herrgott nicht ganz so gut mit den Liebenden. Sie hatte eine Fehlgeburt. Traurig zog sie sich von ihrem Albert zurück. Dieser liebte zwar seine Frau, war aber auch ein junger Draufgänger. Zur Befriedigung seiner Lust ließ er sich mit der Haushälterin, Gabriele Zander, ein. Die war äußerst willig, dachte sie doch, dass sie so den Architekten angeln könnte, und die Hausherrin loswürde. Aus einfachen Verhältnissen stammend, wollte sie so im Bett Karriere machen. Und Bingo, sie wurde schwanger.

Doch, oh je, der Architekt wollte sich nicht zu ihr bekennen. Nein, er wollte bei seiner Frau bleiben und ließ seine Wut an der Haushälterin aus. Diese erkannte, dass ihre Rechnung nicht aufgegangen war – und das Kind ihr nur ein Klotz am Bein sein würde. Eiskalt bot sie den Goldbauers an, dass sie den Sohn adoptieren könnten. Wohl wissend, dass der Kleine das Kind des Hausherren war, willigten die Goldbauers ein. Schließlich war er ein Stammhalter. Albert Goldbauer war stolz, Elvira Goldbauer traurig. Sie schaffte es einfach nicht, das Kind zu lieben. Und der Gatte hatte auch schon wieder außereheliche Eskapaden.
Da erinnerte sich Elvira an ihren guten, alten Freund, den Baron. Sie nahm wieder Kontakt zu ihm auf. Sehr zu dessen Freude. Sie hatte einen Plan gefasst: Wenn Albert ein Kind hat, will ich auch eins! Sie verbrachte nur eine Nacht mit dem Baron – und die blieb nicht ohne Folgen.
»Deshalb nannte sie ihre Tochter immer Prinzessin«, erläuterte Ira. Peter hatte ihr davon erzählt. Schließlich floss in den Adern des Mädchens ja blaues Blut.
Wie der Nachbar dahinter gekommen war, bleibt für immer ein Rätsel. Denn nicht einmal Goldbauer selbst wusste, dass ihm seine Frau ein »Kuckucksei« ins Nest gelegt hatte, wie »Rumpelstilzchen« es Ira gegenüber ausgedrückt hatte.
»Und er meinte auch, dass es da zugehen würde wie im Märchen«, schob Ira nach. Jim schüttelte bei ihrem Bericht immer wieder den Kopf.
»Wie ging es weiter?«, fragte er.

»Nun, das war so ...«
Das Mädchen wuchs heran und ärgerte permanent den Bruder. Anstatt ihn bei seinem richtigen Namen zu nennen, rief sie ihn »Basti«, was von Bastard abgeleitet war. Ein grausames Spiel. Der Hass des kleinen Jungen war groß, der des jungen Mannes war später noch viel größer. Von seiner Mutter bekam er keine Liebe. Und sein Vater war viel zu sehr mit der Arbeit beschäftigt, um sich mit ihm zu befassen. Um dem alten Herrn zu imponieren, studierte Wolfgang Architektur. Was den Vater freute. Als er ihm jedoch das Büro übergeben wollte, legte die Mutter ihr Veto ein. Sie wollte nicht dulden, dass der »Bastard«, der ohnehin nicht mit Geld umgehen konnte, der neue Chef werden sollte! Derweil stieg auch die Tochter nach erfolgreichem Studium ins Geschäft mit ein. Sie hatte Erfolg, war überzeugend und kam mit ihrem Charme überall gut an. Vor gut zwei Jahren erhielt sie den Auftrag, ein Gutshaus bei Göppingen zu sanieren.
»Davon hat mir Kollege Klaus aus Göppingen erzählt«, schob die Journalistin ein. Jim schenkte ihr noch einen Kaffee ein und lauschte weiter.
Carmen Goldbauer lief bei der Sanierung natürlich dem Hausherren, Baron Habwas-Odernich über den Weg. Und den traf beinahe der Blitz! Denn Carmen Goldbauer ähnelte seiner Mutter bis aufs Haar! Dasselbe braune, gelockte Haar. Dieselbe Anmut und Grazie. Dasselbe Lächeln und derselbe warmherzige Blick! Kurzum, sie sah aus wie Sissi in den Filmen!
»Dahinter bin ich gekommen, als ich Carmen

Goldbauers Portrait in der Zeitung, und das der alten Baronin in der Ahnentafel im Internet sah«, erklärte Ira.

»Hammer! Was war dann?«, fragte Jim und hing an ihren Lippen.

Elvira Goldbauer hatte die Haushälterin, die ihren Gatten verführt hatte, einem Freund empfohlen. Davon hat mir Peter erzählt. Es handelte sich um den Baron. Auch den wollte sich die junge Gabriele Zander angeln – doch der liebte nur seine Elvira. Auch wenn er sie lange Zeit nach ihrer gemeinsamen Nacht nicht gesehen hatte. Erst Jahre später tauchte sie bei ihm wieder auf; nur als Freundin. Allergrößten Wert legte sie dabei darauf, dass der Baron niemals Carmen sehen würde. Denn als diese heranwuchs, sah Elvira Goldbauer schnell, dass sie in die väterliche Linie passte und Carmen der Mutter des Barons, also ihrer Großmutter, wie aus dem Gesicht geschnitten war. Elvira Goldbauer behielt diese Tatsache für sich, keiner bemerkte etwas. Am wenigsten ihr Gatte. Und auch der leibliche Vater, der Baron, hatte keine Ahnung von seiner Tochter. Denn er befand sich zur damaligen Zeit oft im Ausland. Interessierte er sich doch für regenerative Energien. Und machte Besuche am Meer, bei Off-Shore-Windparks und ähnlichem. Natürlich besuchte er zudem nie die Goldbauers zuhause. Schließlich hatte er ein schlechtes Gewissen wegen dieser einen Nacht. Er war eben vom alten Schlag. Im Laufe der Zeit wurde er ruhiger und lebte wieder in Göppingen. Er hatte genug erlebt

und wollte nun einfach nur seine Ruhe haben.
Als er viele Jahre später beschloss, sein Gutshaus sanieren zu lassen, stand plötzlich seine Tochter vor ihm. Unübersehbar!
»Wie hat er reagiert? Hat er sie angesprochen?«, hakte Jim nach.
»Nein. Er freundete sich mit ihr an und wurde so zu einem liebevollen alten Herrn, der ihr Auftraggeber war. Er behelligte auch Elvira Goldbauer nicht. Er brauchte keine Bestätigung, er wusste ja, wie seine Mutter ausgesehen hatte! Und dann kam es zu diesem verhängnisvollen Entschluss, sein Testament zu ändern«, fuhr Ira fort.
Jim war so gefesselt von ihren Ausführungen, dass er nicht mitbekam, dass Peter gerade reingekommen war.
»Na, erzählst Du Jim gerade, wie Du meine Arbeit gemacht hast?«, erkundigte er sich bei Ira mit einem Zwinkern.
»Ich war doch nur die Denkende, du der Handelnde«, meinte die Journalistin und zuckte die Schulter. Peter wusste in diesem Moment nicht genau, ob diese Beschreibung nun eine Beleidigung war? Egal, er setzte sich neben Ira und hörte zu.
»Was war mit dem Testament«, nahm Jim den Faden wieder auf.
»Da der Baron in der jungen Architektin seine leibliche Tochter erkannt hatte und sonst keine Nachfahren hatte, machte er sie schriftlich zur Universalerbin«, fuhr Ira fort ...
Das Testament wurde nicht in einem Anwalts- oder Notarbüro aufgesetzt, sondern im Schloss.

Wie seit Jahrhunderten üblich, wurden zur Bezeugung des letzten Willens die Domestiken gerufen. Sprich, der Gärtner und die Haushälterin unterschrieben als Zeugen. Also auch Gabriele Zander, die durch ihre Heirat jetzt Zander-Fillt hieß. Und die wurde aufmerksam. Wusste sie doch, dass Elvira Goldbauer die alte Freundin des Barons war. Sie las den Namen der Tochter. Peter hat mit dem Notar telefoniert und der hat die Zeugenunterschrift bestätigt.

»Aber das war doch bereits vor Monaten«, hakte Jim ein.

»Richtig. Aber schon damals roch Gabriele Zander-Fillt das Geld, von dem sie Zeit ihres Lebens nie genug hatte. Nach ihrer Pensionierung zog sie in die Stauferstadt und arbeitete ehrenamtlich in der Gewandmeisterei. Und lernte so über die Näherin Tamara auch ihren leiblichen Sohn kennen. Denn Wolfgang Goldbauer hatte die junge, strohblonde Dame ein paar Mal im Gewandhaus abgeholt. Eines Tages griff sie sich den jungen Architekten und stellte sich ihm als seine leibliche Mutter vor. Aber der wollte wohl nichts von ihr wissen! Da beschloss sie, ihn zu ködern. Denn er hatte ihre Gene, also würde er am Geld interessiert sein. Sie stachelte ihn gegen die Schwester auf. Das war einfach, zumal herausgekommen war, dass sie das Büro übernehmen sollte und auch noch heiraten wollte! Da ihr künftiger Mann ebenfalls Architekt war – und mit dem Geld ohnehin besser umgehen konnte als Wolfgang – meinte der als adoptierter Sohn keine Chance zu ha-

ben. Trotzdem wollte er auf einen grünen Zweig kommen, ohne, dass er sich den Buckel krumm' schaffen muss. Da erhielt er von seiner wahren Mutter den Tipp, dass der Baron vor kurzem den Pachtvertrag für einen Windpark unterzeichnet habe. Und somit ein großes Zusatzeinkommen haben würde. Das hatte die ehemalige Köchin des Barons ihr bei einem Treffen nach ihrer Pensionierung zugetragen. So war Zander-Fillt klar, dass Carmen Goldbauer nicht nur das Büro und das Schloss mit Ländereien, sondern auch den Pachtvertrag erben würde. Es ging also um mächtig viel Geld!
»Sie stachelte ihren Sohn auf«, schilderte Ira.
Und der brachte seine Schwester um. Dummerweise wurde Gabriele Zander-Fillt gierig. Sie begann, ihren Sohn zu erpressen. Kleine Andeutungen, dass er ihr etwas vom Kuchen abgegeben solle – oder ähnliches. Da wurde ihm klar, dass sie ihm nicht aus Mutterliebe sondern aus Profitgier all diese Informationen zugesteckt hatte. Ihn manipuliert und zum Mörder gemacht hatte. Sie hatte ihn ja bereits als Kind an die Goldbauers weggegeben. Er hasste sich wohl selbst. Als ihm seine Freundin nach der Nähstunde erzählte, dass Zander-Fillt allein im Gewandhaus warten würde, bis der Elektriker kam, nutzte er die Gelegenheit. Er fuhr hin und brachte sie kaltblütig um.
»Aber warum hat er geheult wie ein Schlosshund, als ich ihn bei seinem Vater traf?«, meldete sich jetzt Peter zu Wort.
»Ist doch klar. Da hatte er erfahren, dass seine

Schwester schwanger war. Selbst als Kind ungeliebt, hatte er Mitleid mit dem kleinen, ungeborenen Wurm gehabt. Plötzlich fühlte er sich wohl tatsächlich als richtiger Mörder. Deshalb hat er auch noch am selben Tag so einen großzügigen Scheck an den Bunten Kreis überreicht. Wollte wohl sein Gewissen erleichtern.« Ira war mit ihren Ausführungen am Ende und nahm einen großen Schluck Kaffee.
Peter lächelte sie an. Er war stolz auf sie. Jim hingegen kratzte sich am Kinn:
»Darling, da wär' ich nie drauf gekommen. Wieso hast Du die richtige Spur gehabt?«
Ira blieb die Antwort nicht schuldig:
»Eine Mutter, die gerade ihr Kind verloren hat, geht nicht auf die Beerdigung irgendeines Freundes. Und dann auch noch total schwarz und verhüllt mit Schleier! Ich dachte mir, da muss mehr dahinter stecken!«
Die beiden Männer schauten sich an und grinsten.
»Frauen!« Immer geht's um Kleider«, urteilte Peter.
»Nein, mein Schatz. Nicht immer nur um Kleider! Schau, was ich hier für Dich habe! Ich bin stundenlang angestanden um für uns zwei Eintrittskarten zur Staufersaga zu bekommen. Was sagst Du jetzt?« Ira schwenkte die Hülle mit den vermeintlichen Karten darin vor der Nase des Kommissars hin und her.
Peters Laune fiel in den Keller. Sie wusste doch genau, dass er mit dieser Staufergeschichte überhaupt nichts am Hut hatte! Missmutig blickte er sie an.

»Jetzt schau doch wenigstens Mal rein!«, forderte Ira und ignorierte seinen Blick.
Er nahm die Hülle und zog die Karten raus. Gelangweilt blickte er darauf. Er hatte keine Lust, ihr den Spaß zu gönnen. Er wollte schon ein neutrales »Schön« von sich geben. Aber was war das? Er sah zwar Karten, allerdings stand da was von München und Edinburgh drauf!
»Wie?« begann er zu lesen. Es handelte sich um Flugtickets nach Schottland. Datiert auf das Stauferfest-Wochenende in Gmünd.
»Ist ja wunderbar – aber da krieg ich bestimmt keinen Urlaub«, schaute er Ira enttäuscht an.
»Oh doch. Als ich mir bei Deinem Chef gestern einen riesigen Blumenstrauß abgeholt hab', hab' ich den für Dich rausgeschunden!«
Der Kommissar war baff und dachte: Wie sehr liebte er doch diese Frau!
»Ich danke Dir von ganzem Herzen, Mausi!« Und spürte sogleich einen kurzen, starken Schmerz an der rechten Schulter. Ira war wie immer treffsicher gewesen, als sie sich mit einem Schlag für das »Mausi« rächte.
Jim zog es vor, grinsend aus der Bahn zu gehen: »Crazy chicken!«

Mein besonderer Dank gilt:

Dr. Eva-Maria Hack,
Pathologisches Institut Mutlangen

Anke Schwörer-Haag
Gmünder Tagespost

Heike Seitz
meiner Schwester

Michael Länge
Gmünder Tagespost

Alexander Groll
städtischer Koordinator des Stauferjubiläums

Die Autorin **Anja Jantschik** ist ein echtes Kind der Ostalb. Geboren in Mutlangen, ist sie seit 20 Jahren als freie Journalistin für Lokalzeitungen, Wirtschaftsmagazine und Kulturblätter in Ostwürttemberg unterwegs. Ihr Hobby ist die Kommunalpolitik. Daher findet sich diese auch stets auf humorige Weise in den diversen Mordermittlungen wieder. Denn die Schriftstellerin tritt nun bereits zum fünften Mal den Beweis an, dass sich Kommunalpolitik, Mord und Humor auf äußerst unterhaltsame Weise vereinigen lassen. Lokalkolorit natürlich inbegriffen.

IRA ERNEUT AUF
MÖRDERJAGD...
Anja Jantschik
blauäugig!
Ein Stadtarchivar kommt in einer Dorfkirche unter seltsamen Umständen zu Tode. Vergilbte Urkunden in seiner Aktentasche geben Rätsel auf. Und so mancher der Honoratioren benimmt sich merkwürdig. Grund genug für die junge Journalistin Ira, neben der Polizei eigene Ermittlungen anzustellen.
broschiert, 160 Seiten,
ISBN 987-3-936373-30-2
Euro 6,80
Erhältlich in allen Buchhandlungen und direkt beim
Einhorn-Verlag+Druck GmbH
Sebaldplatz 1, 73525 Schwäbisch Gmünd
Telefon 07171/92780-0, Fax 92780-47
E-Mail: kontakt@einhornverlag.de

SERIENMORD IN
SCHWÄBISCH GMÜND...
Anja Jantschik
Im Schatten des Einhorns
Wenige Tage bevor das Europäische Kirchenmusikfestival eröffnet wird, reißen zwei grausige Leichenfunde in Schwäbisch Gmünd die Bürger aus ihrem Alltag. Die Sonderkommission der Polizei ermittelt fieberhaft, doch erst als sich die Journalistin Ira in den Fall einmischt, scheinen sie dem Serienmörder auf die Schliche zu kommen...
broschiert, 224 Seiten,
ISBN 978-3-936373-47-9
Euro 12,80
Erhältlich in allen Buchhandlungen und direkt beim
Einhorn-Verlag + Druck GmbH
Sebaldplatz 1, 73525 Schwäbisch Gmünd
Telefon 07171/92780-0, Fax 92780-47
E-Mail: kontakt@einhornverlag.de